LA MORT
DE CLARA

Éditions du Masque
17, rue Jacob – 75006 Paris
www.lemasque.com

LA MORT DE CLARA

Thierry Bourcy

Thierry Bourcy est né en 1955 dans le Morbihan. Après avoir travaillé dans un hôpital psychiatrique à Vannes, il devient auteur et scénariste. Il a notamment créé le personnage de Célestin Louise, flic et soldat dans la guerre de 14-18, dont les aventures sont publiées aux éditions du Nouveau Monde et disponibles en Folio policier.

ISBN : 978-2-7024-4235-7

Couverture : © Joanna Jankowska / Trevillion Images
Conception graphique : WE-WE

À mes ex-voisins de la rue V…,
avec une pensée particulière pour Bernadette,
Françoise, Anne-Lise, Gérard et Danièle.

1

La mort de Clara

La pluie d'orage, en séchant, avait dessiné sur l'asphalte du trottoir des monstres déchirés qui bouffaient les étoiles. Des jeunes gens fêtaient le week-end. Ils avaient laissé leurs fenêtres ouvertes et la rue renvoyait d'un immeuble à l'autre l'écho de leurs rires. Encore plus haut, la lune. Un adolescent de la cité voisine passa sans me voir, les yeux rivés sur l'écran de son iPod. J'habitais le seul vieil édifice du quartier, dont l'avancée en pierres de taille rétrécissait le trottoir au numéro 12. L'entrée avait conservé un peu de fraîcheur. Un distributeur de tracts avait coincé derrière les boîtes à lettres la carte d'un dépanneur « tous corps de métiers ». Je l'arrachai du mur et la flanquai dans la poubelle en inox qui débordait déjà de prospectus. Depuis sa mise aux normes, l'ascenseur minuscule faisait un raffut du diable en arrivant au rez-de-chaussée. Pendant sa descente, la lumière clignotante du voyant d'appel éclairait par intermittence la porte de Clara. Le petit rond du judas jetait un éclat curieux juste au-dessus de l'étiquette qui portait son nom. J'avais pris l'habitude de ne pas allumer la minuterie en rentrant chez moi, par souci d'économie, sans doute, mais aussi pour conserver leur mystère aux ombres du couloir. Quand le type est sorti brusquement de chez Clara, il a eu un moment d'hésitation en tombant sur moi. La cabine de l'ascenseur arrivait au même moment, je tirai la portière et m'engouffrai dans l'habitacle officiellement prévu pour trois personnes, mais si exigu qu'un homme et une femme ne pouvaient pas entrer ensemble sans déclencher des soupçons. Je vérifiai que la seconde ampoule fonctionnait bien, celle que Mlle Basile avait achetée elle-même à Monoprix et vissée de sa propre petite main blanche de retraitée de la Sécurité sociale. Elle m'avait parlé de tortillon, c'était une de ces nouvelles ampoules basse consommation qu'on allait bientôt nous imposer partout. Impossibles à recycler, disait-on. La glissière de sécurité s'était déjà à moitié rabattue lorsque j'entendis qu'on essayait de rouvrir la portière métallique. C'était trop tard, elle était bloquée jusqu'au retour de la cabine. Je m'élevai vers mon sixième étage en me demandant pourquoi ce type avait tenté d'entrer avec moi dans l'ascenseur. Il voulait peut-être me demander un renseignement. Mais Clara aurait pu lui répondre. À moins qu'il n'ait cherché un appartement à louer dans l'immeuble. Mais il est rare que les clients des putes aient envie de s'installer au-dessus de chez elles.

Les seuls moments où je regrette de ne pas avoir un chat, c'est lorsque je rentre chez moi tard le soir, après un mauvais film. Ce sont les seuls moments aussi où je regrette de ne pas vivre avec une femme. J'avais vu une niaiserie française, moitié scènes de bouffes familiales, moitié états d'âme de jeunes bourgeoises en mal de mâles, avec en prime l'inévitable scène du gâteau d'anniversaire. Je balançai mes clefs dans le cendrier design que m'avait offert la belle-sœur de Marie. La petite diode rouge de mon répondeur téléphonique clignotait avec insistance pour me rappeler d'écouter mes cinq nouveaux messages. Je commençai par me servir un verre d'eau filtrée, dont je versai une large rasade à ma plante verte. Elle avait décidé de me faire deux nouvelles fleurs, déployant peu à peu la courbe de ses tiges pour laisser s'épanouir l'ovale délicat des larges pétales blancs protégeant le pistil impudique et rosâtre. Je la remerciai à voix haute, j'avais pris l'habitude de lui parler. Antoine me l'avait offerte pour mon mariage. J'avais divorcé cinq ans plus tard, mais la plante se portait bien. Je jetai un coup d'œil à un journal consacré à la décroissance, largement ouvert sur ma table de salle à manger, puis me laissai tomber sur le canapé et enclenchai le répondeur. Il y avait un message de ma mère s'inquiétant de mon silence, je ne l'avais pas appelée depuis deux jours et demi. Elle me signalait que j'avais oublié un slip chez elle lors de ma dernière visite et me demandait si je désirais qu'elle me le renvoie par la poste. Un message d'une chaîne de télévision m'annonçant qu'elle n'était pas intéressée par mon projet de comédie sociale. Un Arabe qui m'appelait Mohammed me demandait où j'étais passé. Un message de Marine, la fille d'Antoine, pour son cours de latin, elle m'avait envoyé par e-mail le texte de sa nouvelle version. Et puis la voix terrorisée de Clara, juste un souffle, le temps de prononcer son prénom, puis des coups, des cris, des meubles renversés, et puis plus rien, les trois bips de fin de communication. Je me repassai le message plusieurs fois, incrédule, ahuri, fixant sans les voir les deux photographies en noir et blanc de New York que m'avaient offertes mes amis psychanalystes américains. J'essayais de me rappeler la gueule du type qui était sorti de chez Clara, très brun, des yeux sombres, une veste de bonne coupe. Son visage conservait quelque chose d'enfantin, et me revint aussi la fixité de ses traits. Je me précipitai dans ma chambre, glissant sur le bout de tapis râpé étalé devant la cheminée, me rattrapant au bras du vieux fauteuil pour atterrir devant la fenêtre. J'avais fait mettre un triple vitrage pour me protéger des bruits de la rue. J'ouvris les deux battants et me penchai au dehors. Un souffle de vent baigna ma tête nue, j'avais toute la rue en enfilade jusqu'au boulevard Blanqui. Personne.

De l'autre côté, l'avancée du balcon des voisins du cinquième me bouchait la vue. L'inconnu avait dû remonter vers la rue Daviel, prendre le chemin que je faisais chaque matin pour m'acheter des croissants chez le meilleur ouvrier de France. Tout d'un coup, j'ai eu les jetons, mais je me suis dit que Clara avait sans doute besoin d'aide. Et j'aimais bien Clara.

Une fois de plus, je regrettai de ne pas avoir fait poser de judas sur ma porte. Je collai l'oreille contre la double épaisseur de chêne, sans rien entendre. À ma droite, près du mur des toilettes, ma trousse à outils, un cadeau qu'Andrea l'Argentine m'avait laissé en me quittant. Réflexion faite, c'était plutôt moi qui l'avait quittée, mais cette jeune femme toute menue aux grands yeux d'océan n'était pas rancunière et nous continuions à déjeuner ensemble en parlant de sa fille et d'art contemporain. J'ouvris la boîte et sortis mon marteau du fouillis de pointes et de vis qui en encombrait le fond. J'entrebâillai ma porte, le palier était tout noir. Je retins ma respiration, il n'y avait que le silence. Il faut parfois savoir se montrer courageux. Physiquement. Repoussant la porte qui vint rebondir contre la butée que Jean-Louis m'avait installée quand il avait refait le séjour et la cuisine, je me jetai sur l'interrupteur dont la fluorescence orangée luisait faiblement juste en face de l'ascenseur. Lumière. La porte de mon appartement, violemment renvoyée par l'anneau de caoutchouc, claqua, enfermant les clefs à l'intérieur. Je règlerais ce problème plus tard. La cabine se trouvait toujours à mon étage. J'hésitai et décidai de prendre l'escalier. La moquette était de plus en plus râpée en approchant du rez-de-chaussée. Tout était silencieux, la moitié des occupants de l'immeuble étaient partis en vacances et ceux qui restaient ne faisaient pas de bruit. J'avais surpris M. Novelas en train de désherber la courette, brin par brin, penché sur le gravillon constellé de floraisons vertes. Un travail de grande patience. Toutefois il se refusait à ramasser les mégots balancés par les locataires du premier. Des mal élevés. En arrivant sur la dernière marche, je serrai plus fort le manche du marteau. Par la porte vitrée, je voyais le hall désert. Je contournai la cage d'ascenseur : personne devant la porte de la cave. Un pas de côté : personne dans la portion de couloir qui menait à la courette. Un pas en avant : la porte de la cave était bien fermée à clef. Un pas de côté, trois bonds en avant : la porte de la courette était elle aussi fermée à clef. Tout paraissait normal, l'intrus, le visiteur, le tueur peut-être, s'en était bien allé.

Je retournai jusque devant la porte de Clara. J'y collai mon oreille sans rien entendre. Je grattai discrètement, sans obtenir de réponse, puis je me décidai à sonner, sans plus de succès. Enfin, je me mis à donner des coups de poing, de plus en plus fort. J'appelai même : « Clara ! Clara ! » Rien. Je sursautai en entendant s'ouvrir, juste derrière moi, l'autre porte du rez-de-chaussée. Je me retournai, le marteau à la main, la peur au front. C'était Michel Bléchard, qui habitait le studio côté rue. Il l'avait acheté avec ses économies et celles de ses parents, il avait envie de le revendre à cause des bruits dans la tuyauterie du chauffage à vapeur. Nous avions prévenu le syndic plusieurs fois, des techniciens étaient passés, une expertise avait été faite, sans résultat. Alors, les nuits d'hiver, il se réveillait en sursaut et s'enfonçait des boules Quiès dans les oreilles. Michel était homosexuel, pensait que tout le monde l'ignorait et partait chaque année en vacances dans un pays chaud. Il travaillait dans une compagnie d'assurances, de l'autre côté du boulevard Blanqui. Sa demande de mutation avait été refusée. Sa vie était comme son visage, un peu de travers. Il avait pris le temps d'enfiler un pantalon de survêtement, informe et molletonné, et je devinais son ventre rond sous le T-shirt à la gloire d'un supermarché. Il était plus ou moins au courant que Clara faisait des passes pour payer ses études, mais comme ça ne faisait pas de bruit, en tout cas moins que le chauffage, il ne disait rien. Il attendait que Clara fasse comme les locataires d'avant : qu'elle s'en aille. Il a ouvert de grands yeux pleins de sommeil et m'a reconnu.

— Je me demande s'il n'est pas arrivé quelque chose à Clara.

Michel fixa le marteau.

— Vous vous êtes disputés ?

— Non. Il y avait un message sur mon répondeur.

— Tu devais passer la voir ?

Il insinuait sans doute que j'avais avec Clara des relations sexuelles, plus ou moins tarifées.

— Pas du tout. Je suis allé au cinéma. À la séance de 22 heures. Je viens de rentrer.

— Qu'est-ce que tu as vu ?

— *Dans un panier neuf*. Un film français.

— C'était bien ?

— Non.

Il y eut un silence, il regardait toujours le marteau. J'esquissai un sourire.

— C'est pour me défendre, au cas où.

— Ah bon ?

— En arrivant, j'ai vu un type sortir de chez elle.

— Ah bon ?

Lorsque je m'étais installé dans l'immeuble, Michel m'avait proposé d'assurer mon appartement, mais j'avais déjà un courtier, et j'avais refusé sa proposition. Nous avions été en froid pendant quelques mois, jusqu'à l'histoire des tuyauteries. Il ne comprenait pas ce que je disais, lui aussi avait déjà vu des types sortir de chez Clara, mais il n'était pas allé prendre un marteau.

— Tu veux venir chez moi écouter le massage… le message ?

Son visage devint franchement hostile.

— Je ne vais pas monter chez toi à cette heure-ci, excuse-moi mais ce n'est pas mon genre. Je suis désolé si Clara n'est pas là.

Il surestimait de toute évidence l'impériosité de mes besoins sexuels. Ou son propre sex appeal.

— À vrai dire, je ne sais pas quoi faire.

— Eh bien ne compte pas sur moi pour t'aider !

Il disparut dans son studio dont il referma la porte à double tour. Je contemplai un instant le bois verni. La minuterie s'éteignit, je me hâtai de rallumer. Une fois encore, je sonnai chez Clara puis décidai de passer par la courette pour regarder par ses fenêtres. Je me rappelai que j'avais laissé les clefs à l'intérieur de mon appartement. Y compris celle de la courette. Je sonnai chez Michel, il n'avait pas eu le temps de se recoucher. Il rouvrit immédiatement, il m'épiait sans doute derrière son judas.

— Quoi, encore ?

— Tu peux me passer une carte bleue ?

— Avec mon code ?

— Non, Michel, attends, ce n'est pas ce que tu crois…

— Je ne crois rien : je vois. Ne compte pas sur moi pour payer tes fantaisies lubriques ! Et ne pense pas que tu me fais peur avec ce marteau !

Il claqua sa porte. Je regardai le marteau qui pendait au bout de mon bras, je ne devais pas impressionner grand monde.

Je décidai de remonter chez moi à pied, en écoutant à chaque étage s'il y avait encore du bruit dans un des appartements. La chance me sourit dès le premier. Les nouveaux locataires écoutaient de la musique, moins fort que d'habitude, mais suffisamment pour que je les entende. Je pris la précaution de poser le marteau sur le rebord de la fenêtre palière et sonnai. La porte s'ouvrit après trente secondes de musique. Je ne me rappelais pas que cette jeune femme était si belle. Ses gestes ralentis, ses réactions légèrement différées, ses yeux clairs que la lumière blessait m'apprirent qu'elle avait consommé un psychotrope, probablement du haschich. Il flottait jusque dans l'entrée le parfum caractéristique d'herbe et de foin coupé.

— Excusez-moi de vous déranger si tard... Je... Je suis le voisin du sixième. Je me suis enfermé dehors.

Elle eut d'abord un sourire aérien, comme si, au-delà de ma pauvre personne, elle prenait en pitié les absurdes malheurs de toute l'espèce humaine. Puis elle éclata d'un fou rire qui secouait juste assez la djellaba qu'elle avait enfilée pour me laisser deviner la naissance de ses seins. Cette fille était vraiment bien faite, et attirante malgré son semi-coma.

— On dit qu'avec une carte bleue, on peut...

— ... on peut acheter des tas de choses, oui, fit-elle entre deux hoquets de rire.

— On peut ouvrir une porte.

— On peut ouvrir la porte des magasins !

Ma visite semblait beaucoup l'amuser.

— Est-ce que vous seriez prête à m'accompagner avec votre carte bleue...

— Les magasins sont fermés, c'est la nuit.

— Il ne s'agit pas de sortir, il s'agit d'entrer chez moi. Il paraît que si je glisse votre carte bleue dans l'interstice de la porte…

— L'interstice… Dans l'interstice… Dans l'armistice…

Elle était complètement défoncée. Pas vraiment désagréable, juste un peu irritante compte tenu de l'urgence de la situation. Je renonçai à lui parler de Clara.

— Si je glisse votre carte à la hauteur de la serrure…

— Pourquoi ma carte ?

— Parce que… Parce que vous êtes la seule à être debout à cette heure-ci…

— À vrai dire, j'étais allongée.

— Enfin… vous étiez réveillée.

— Oui, mais pourquoi ma carte ? Il y a bien d'autres cartes, il y a cinquante-deux cartes dans un jeu. Sans compter les jokers. Vous savez tirer les cartes ?

— Je ne parlais pas de cartes à jouer, mais de cartes bancaires.

De nouveau, elle éclata de rire.

— Vous êtes un cambrioleur, vous voulez rentrer chez moi ?

— Non, c'est chez moi que je veux rentrer. Mais ma porte s'est refermée et mes clefs sont à l'intérieur.

— Les clefs sont à l'intérieur…

— Et il est possible que je puisse ouvrir avec une carte bleue.

— On m'a confisqué ma carte bleue. Mais j'ai une carte Fnac.

— C'est très bien.

— Je ne sais pas si c'est très bien, je n'achète pas assez de choses pour que ce soit vraiment rentable.

— En tout cas, moi, elle peut me servir, votre carte.

— Je ne crois pas, non : c'est nominatif. Nominatif.

Je pris une grande inspiration, écartant difficilement l'idée de lui fracasser le crâne avec le marteau posé à portée de ma main.

— Écoutez-moi : vous allez chercher votre carte Fnac et vous me la prêtez dix minutes, je vous la rapporte. Ou alors, si vous voulez, vous m'accompagnez jusqu'au sixième.

— Avec la carte ?

— Oui. Avec la carte.

D'un coup, elle devint excessivement sérieuse, fronça les sourcils et disparut à l'intérieur de son appartement. Je restai dans les effluves de shit et les accords répétitifs d'une musique électronique. Elle revint, sortant de l'ombre comme une apparition. Elle avait de longs cheveux roux et le regard triste d'une vierge préraphaélite. Elle brandit la carte noire, comme une hostie.

— Je viens avec vous. Je vais vous porter chance.

Elle s'avança, j'eus juste le temps de glisser mon pied dans l'ouverture de la porte avant qu'elle ne se referme.

— Vos clefs…

Nous prîmes l'ascenseur, serrés l'un contre l'autre. Elle me tournait le dos. Nous avions tout juste passé le troisième étage quand elle se coula contre moi. J'enfouis mon nez dans ses cheveux rouges, elle prit elle-même mes mains pour les poser sur ses seins. Ce fut une sensation d'une douceur inouïe. Je la caressai. Nous nous arrêtâmes au sixième. Elle avait fermé les yeux. Je n'avais pas le courage de la pousser dehors. Son corps ferme s'abandonnait à mes doigts curieux. Soudain, avec un claquement sec, la portière de sécurité se referma et nous repartîmes vers le bas. Elle ne s'était rendu compte de rien et dirigeait ma main vers son sexe.

— Je crois qu'on redescend, lui murmurai-je.

— Pas moi, avec tout ce que j'ai fumé…

Elle passa une main derrière ma nuque et, se retournant à moitié, approcha mon visage du sien. Nous étions engloutis dans un baiser torride quand l'ascenseur stoppa. La porte s'ouvrit, c'était Michel. Il écarquilla de grands yeux éberlués, puis grimaça.

— Je vois que tu as trouvé ce que tu cherchais.

— Elle a une carte Fnac, articulai-je pardessus l'épaule de la voisine du premier.

— Je n'ai pas l'impression que c'est ça qui t'intéresse.

Ma compagne d'ascenseur se décolla un peu et brandit sa carte magnétique.

— Si, si, je l'ai prise avec moi. Regardez.

— Je vois. Alors tu n'as plus besoin de moi, conclut-il, pincé.

— Pourquoi ? Tu veux m'aider ? Je croyais que tu voulais dormir.

— J'ai repensé à ce que tu m'as dit. À propos de Clara. Si c'est vrai, j'ai de quoi être inquiet.

L'autre voisine se tourna vers moi avec un air de reproche.

— Vous ne m'avez pas parlé de Clara. Qui est Clara ?

— La voisine du rez-de-chaussée. Pas celle qui est juste en dessous de chez vous…

— Juste en dessous de chez vous, c'est moi, rappela Michel sur le ton de celui qui en a bavé avec le bruit.

— L'appartement d'en face, à gauche en entrant. Une étudiante.

— Qu'est-ce qui lui est arrivé ?

— Justement, j'aimerais bien le savoir. Elle m'a laissé un message bizarre. Je voulais jeter un coup d'œil par la courette, mais je n'ai plus mes clefs.

— J'ai les miennes.

— Moi aussi, dit Michel.

— Une seule suffira.

Nous abandonnâmes l'ascenseur et ouvrîmes la porte de la courette. La minuterie dessinait un rectangle de lumière sur le sol de gravillons débarrassé de ses mauvaises herbes, grâces en soient rendues à M. Novelas. Dans la cité, derrière, un chien aboyait. Nous nous glissâmes tous les trois sous les fenêtres de Clara. À l'intérieur, c'était éclairé. M'accrochant aux barreaux, je me hissai à niveau pour regarder dans la petite cuisine. Tout semblait normal, c'était le foutoir habituel, cendriers pleins et assiettes sales entassées dans l'évier. Dans le dixième de seconde où je me laissai retomber à terre, j'enregistrai un détail insolite, une forme caractéristique qui n'aurait pas dû se trouver là. Je m'accrochai de nouveau aux barreaux quand la voisine défoncée me posa la main sur l'épaule.

— Pourquoi vous voulez regarder chez elle ?

— Parce qu'elle a essayé de me joindre, mais je n'étais pas là. Elle a laissé un message vraiment bizarre, j'ai eu l'impression qu'elle se battait avec quelqu'un qui ne l'a pas laissée parler.

— Vous ne croyez pas qu'elle aurait crié ?

— Je n'en sais rien. Peut-être que le type lui faisait très peur et qu'elle a voulu m'appeler discrètement.

— Quel type ?

— Celui que j'ai vu sortir de chez elle.

Je lui fis signe de se taire un moment et me tractai une nouvelle fois à hauteur de la fenêtre. Je ne m'étais pas trompé : par terre, sur le seuil de la cuisine, reposait la main de Clara. Une petite main immobile et blanche. C'était tout ce que, de mon poste d'observation acrobatique, je pouvais voir de la jeune femme. Je lâchai les barreaux, mes pieds crissèrent sur les gravillons, et je restai prostré contre le mur de l'immeuble.

— Vous avez vu quelque chose ?

— Tu as vu quelque chose ?

Ils avaient parlé tous les deux en même temps.

— Je crois que j'ai vu la main de Clara.

— La main de Clara ? Où ça ?

— Par terre.

— Vous voulez dire qu'elle est allongée par terre ?

— Je ne sais pas si elle est allongée, je n'ai vu que sa main, j'ignore où se trouve le reste de son corps et dans quelle position.

— C'est horrible !

— Il faut appeler la police, affirma Michel avec une petite voix officielle.

Je pris une poignée de graviers et les envoyai contre le carreau, sans obtenir plus de réponse que précédemment.

— Et si je cassais la vitre ?

— Ça ne servira à rien, et les bris de glace ne sont pas remboursés par les assurances.

Je me félicitai de ne pas avoir fait affaire avec Michel.

— Vous pensez qu'on peut appeler la police simplement parce qu'on voit une main traîner par terre dans un appartement ?

— Elle s'est peut-être endormie par terre ? suggéra la belle rouquine.

Michel la fusilla du regard. La minuterie s'arrêta, nous plongeant dans le noir. La rousse se colla contre moi.

— J'ai peur.

— Ça ne sert à rien d'avoir peur, asséna Michel avant de regagner le couloir et de rallumer.

Nous le suivîmes et nous reprîmes tous les trois notre conciliabule. Michel penchait toujours pour la police, l'autre (elle s'appelait Hannah, prénom qui m'a tout de suite plu parce qu'il peut se lire dans les deux sens) était aussi effrayée à l'idée d'un meurtre dans l'immeuble que par l'éventualité d'être entendue comme témoin. Nous avions tous vu beaucoup de feuilletons américains avec des gyrophares rougeoyants éclairant dramatiquement des scènes de crime balisées par des bandes plastifiées noires et jaunes et des inspecteurs très énervés notant des témoignages à la volée sur leurs calepins et dotés d'un étonnant sens de la repartie. On savait beaucoup moins comment ça se passait en France. Finalement, je suggérai à Hannah de me laisser sa carte Fnac et d'aller se recoucher, et j'accompagnai Michel chez lui pour appeler les flics.

Le studio de Michel donnait sur la rue. On entendait les passants juste de l'autre côté de la vitre, mais ça ne semblait pas le déranger. Il y avait aux murs des photographies mal cadrées, imprimées sur des machines de bureau aux couleurs approximatives, souvenirs des voyages que le jeune homme avait effectués dans ces pays chauds où les palmiers des bords de mer masquent difficilement la misère de l'intérieur. Les destinations préférées des tour operators bas de gamme. On y voyait Michel toujours souriant, en T-shirt ou parfois en maillot de bain qui ne l'avantageait pas vraiment, avec des amis, des coups de soleil et, une fois, avec un beau Noir torse nu. Il passait donc chaque année onze mois dans un bureau paysager pour rapporter du bout du monde ces preuves pathétiques d'un bonheur frelaté. Il referma la porte derrière nous et se tourna vers moi, soudain timide, comme si mon intrusion dans son petit nid douillet l'embarrassait.

— Tu connais le numéro de la police ?

— C'est le 17, non ? Ou le 18 ?

— Non, le 18, c'est les pompiers. Ça doit être le 17.

Il composa, sur son combiné sans fil, le 17. Pour se rassurer, et pour avoir ma réaction, il mit le haut-parleur. Nous eûmes droit, pendant deux bonnes minutes, à la litanie : « *Vous avez demandé la police, ne quittez pas...* » Quand on appelait les flics, on avait vraiment le temps de se calmer. Ou de se faire tuer. Finalement une femme nous répondit. Michel, d'autorité, me passa le téléphone. Je donnai mon nom, puis j'expliquai tant bien que mal que je pensais qu'il était arrivé quelque chose à ma voisine Clara.

— Vous avez son nom de famille ?

— Attendez, on va regarder sur la boîte aux lettres.

— Vous n'êtes pas seul ?

— Non, je suis avec l'autre voisin du rez-de-chaussée, Michel Bléchard.

Lequel Michel me fit des signes furibonds pour avoir livré son identité, avant de se précipiter vers les boîtes aux lettres.

— Y a-t-il eu effraction ?

— Non. Mais il y a sa main qui traîne par terre, entre le séjour et la cuisine.

— On lui a coupé la main ?

— Je ne crois pas mais, de la fenêtre, je ne peux voir que sa main. Et elle ne bouge plus.

Michel revint et me souffla à l'oreille :

— Gerboise.

— Elle s'appelle Clara Gerboise.

— Je note… Bon, je récapitule : vous avez reçu un message alarmant de la dénommée Clara Gerboise, vous avez tenté de la contacter, en vain, et vous avez identifié sa main par la fenêtre. C'est cela ?

— Oui, c'est vrai, mais dit comme ça…

— Je vous envoie un véhicule d'intervention. Veuillez vous tenir prêt à ouvrir à notre équipe.

Je raccrochai et rendis le téléphone à Michel qui le rangea soigneusement sur son support.

— Pourquoi tu as donné mon nom ?

— Parce qu'ils me l'ont demandé, tu as bien entendu ?

— J'ai pas envie d'avoir des ennuis avec cette histoire. Je te préviens…

— Et alors ? Je suis désolé, mais qu'est-ce que tu veux que j'y fasse, maintenant ? Et si nous, on subit quelques tracasseries, pense que Clara est peut-être dans de sales draps.

Mon voisin se calma un peu, ouvrit ses volets pour qu'on puisse voir l'arrivée des flics et m'offrit un verre de soda éventé qui traînait dans son frigo. Nous nous rendîmes compte qu'une fois évoqués les problèmes de l'immeuble, essentiellement les bruits du chauffage à vapeur, nous n'avions pas grand-chose à nous dire. J'essayai d'embrayer sur les mauvaises herbes de la courette, mais ce sujet ne l'enthousiasmait pas. Après avoir pas mal tourné autour du pot, il finit par me parler de Clara. C'était donc ça.

— Tu la connaissais bien, Clara ?

— Tu parles d'elle comme si elle était morte.

— Oui, c'est vrai, excuse-moi.

— Tu n'as pas besoin de t'excuser. Je comprends que tu sois inquiet. Et puis le type n'avait pas l'air commode.

— Quel type ?

— Celui qui est sorti de chez elle et qui a failli monter avec moi dans l'ascenseur.

— Il habite à quel étage ?

Je regrettai d'avoir laissé mon marteau sur l'appui de la fenêtre du premier étage.

— Il n'habite pas ici.

— Oui, oui, j'ai compris. Heureusement, parce que je n'aimerais pas avoir un assassin dans l'immeuble.

S'il continuait avec ses conneries, il allait bientôt en avoir un, d'assassin dans l'immeuble. Une chance pour lui, nous aperçûmes à travers la vitre le gyrophare de la voiture de police.

Je traversai le hall pour ouvrir aux flics. Ils étaient deux, en uniforme, plus un troisième qui était resté au volant. Sur les balcons des immeubles d'en face, des curieux commençaient déjà à regarder. Le plus balaise me demanda si c'était moi qui avais appelé, je confirmai.

— Ma voisine Clara habite là, au rez-de-chaussée, juste la première porte à gauche.

— Et qu'est-ce qui vous a alerté ?

— D'abord, il y a un type qui est sorti de chez elle et qui a essayé de me suivre dans l'ascenseur. Et puis, en rentrant chez moi, j'ai trouvé un message de Clara, elle avait l'air de se bagarrer avec quelqu'un. Et puis surtout, ce que j'ai vu par sa fenêtre.

— Ses volets sont fermés, me fit remarquer le flic.

— Il faut regarder par la cour intérieure.

Je leur fis signe de me suivre dans le petit couloir. Michel avait refermé la porte à clef. Un réflexe d'assureur.

— C'est fermé.

— Vous n'avez pas la clef ?

— Non, j'ai laissé mes clefs chez moi et la porte a claqué.

— Alors comment avez-vous pénétré dans cette cour intérieure ?

— Avec la clef de mon voisin. Mon autre voisin, Michel Bléchard. Il m'a d'ailleurs accompagné dehors. Attendez, je vais lui redemander sa clef.

Michel a détesté que je sonne encore une fois chez lui. Il a adressé un sourire crispé aux deux flics.

— Il faudrait que tu me repasses la clef de la cour.

Sans un mot, il décrocha la clef d'un très joli tableau, une réplique de la Joconde en métal peint, probablement de l'artisanat africain. Naïf et drôle.

— Tiens. Tu me la rendras plus tard.

Il allait me refermer la porte au nez, une habitude chez lui, quand le gros flic lui expliqua qu'ils allaient devoir l'interroger lui aussi. Michel me lança un regard de désespoir et de colère noire. On aurait dit que je l'avais fait exprès, rien que pour l'embêter.

— Vous savez, je me lève très tôt demain, et je n'ai rien vu, rien entendu.

— Nous, on se couche demain très tôt, monsieur. À tout de suite.

De nouveau le trajet jusqu'au fond du couloir, avec les deux flics derrière moi, à la queue leu leu. Cette fois, j'ai eu du mal à ouvrir.

— Il y a du jeu dans la serrure, je suis désolé.

— Faites voir…

Le gros flic fit tourner doucement la clef, avec une délicatesse dont je ne l'aurais pas cru capable.

— Il faut resserrer le barillet, c'est rien du tout : vous dévissez là et là, vous retirez tout d'un bloc et, vous verrez, il y a une toute petite vis sur le côté.

J'étais tombé sur un bricoleur, un de ces types qui passent leur samedi à Castorama et qui sont capables d'identifier dans la seconde les matériaux avec lesquels vous avez rénové votre maison. Et qui, après vous avoir persuadé que vous avez pris des décisions désastreuses, vous proposent évidemment une meilleure solution. Meilleur marché. Mais trop tard.

— Vous avez un petit tournevis pour l'électricité ?

— Oui, je pense.

J'en avais un dans le deuxième tiroir de mon meuble de cuisine. Tout d'un coup, j'ai eu hâte de rentrer chez moi. Et puis je me suis dit que ça n'allait pas être tout de suite. Nous marchâmes sur les mégots semés par Hannah et ses invités pour arriver sous les fenêtres de Clara. Le plus léger des policiers se hissa comme je l'avais fait aux barreaux de la cuisine.

— Tu vois quelque chose ? demanda le gros.

— Affirmatif. Présence d'une main gauche sur le sol, à l'entrée de la pièce.

— Quoi d'autre ?

— Rien, sauf la cuisine en bordel.

Il ne croyait pas si bien dire. Il se laissa retomber à terre et interrogea son collègue du regard.

— Il va falloir pénétrer dans le local. J'appelle le central. Et une ambulance.

Juste au-dessus, Hannah nous observait. Elle me fit un sourire adorable avant de refermer sa fenêtre, me renvoyant, l'espace d'une seconde, l'éclat blanc de la lune ronde.

Une demi-heure plus tard, c'était le grand cirque : deux bagnoles de flics avec gyrophares, plus une autre banalisée, et une ambulance des pompiers avec de jolies petites lumières elle aussi. Un bleu s'était placé derrière toute la double file pour faire la circulation. Le nombre de fenêtres allumées dans la rue avait augmenté de façon exponentielle, et des tas de silhouettes accoudées à leurs balcons se découpaient à contre-jour sur les baies vitrées entrouvertes. Il ne devait pas y avoir grand-chose à la télé. Michel, interrogé par un inspecteur, s'était résigné à voir sa nuit bousillée. Il aurait au moins quelque chose à raconter à ses collègues des assurances qui en avaient sans doute marre de ses souvenirs de vacances. Je m'étais mis un peu en retrait quand la seconde équipe de policiers arriva avec un serrurier, un petit bonhomme en blouson bleu pétrole qui se contenta de sortir une carte de crédit pour déclencher la gâche. Un deuxième inspecteur, suivi par deux bleus, entra, pistolet à la main (une arme de fabrication autrichienne, avais-je lu dans un article). Ils tombèrent presque tout de suite sur le corps de Clara, au beau milieu de l'appartement dévasté. Ils constatèrent le décès.

— Il y a eu de la bagarre, la fille s'est défendue.

— Les gars, vous touchez à rien, pas question qu'on se fasse encore engueuler par le juge ! On attend les techniciens.

L'inspecteur inspectait. Trois techniciens en combinaisons blanches débarquèrent et se mirent à tout photographier puis à chercher des empreintes. J'ai essayé de retenir le serrurier en lui expliquant que j'avais le même problème.

— Il y a un mort chez vous aussi ?

— Non, c'est juste ma porte qui a claqué, je suis coincé dehors.

— Désolé, je suis pas payé pour une seconde intervention.

— C'est combien ?

— Cent cinquante euros. Hors taxe.

— Laissez tomber, je m'arrangerai.

Il s'engouffra dans sa camionnette SOS dépannage, avec sur le capot le même numéro que sur le prospectus que j'avais mis à la poubelle. Il devrait y avoir une loi pour interdire les prospectus. Deux pompiers emmenèrent le corps de Clara sur un brancard et sous une couverture.

— C'est vous qui nous avez appelés ?

La voix était douce et ferme, comme une poitrine de jeune femme. Je me retournai. Une policière d'un peu moins d'un mètre soixante-dix me faisait face. Jean, blouson, baskets, un corps mince et nerveux et au-dessus un visage d'ange. Elle répéta sa question alors, oui, j'ai dit oui.

2

Catherine Labouré

C'était l'inspecteur Hélène Billard. Un drôle de nom qui m'aurait presque réconcilié avec l'idée de passer sur le billard. Nous nous serrâmes l'un contre l'autre dans l'ascenseur. Elle me regarda fixement tout le temps de la montée. Elle se tenait beaucoup mieux qu'Hannah. J'esquissai un sourire que je ravalai aussitôt. La cabine ralentissait toujours en passant au cinquième. Hélène fronça les sourcils.

— Votre ascenseur est aux normes ?

— Oui, je pense que oui.

— Vous devriez vérifier. Voyez avec votre syndic.

— Oui, bonne idée.

J'avais décidé d'être coopératif. En arrivant devant ma porte, j'ai eu un coup de cafard en pensant à Clara. C'était une voisine marrante et qui ne demandait qu'à vivre. Toute la sauvagerie de cet assassinat me revint en boomerang. Je restai un instant prostré devant ma porte.

— Vous ouvrez ?

Hélène Billard n'avait pas d'états d'âme. Il valait sans doute mieux, dans son métier. Je sortis de ma poche la carte Fnac d'Hannah.

— C'est une clef électronique ?

— Non : c'est une carte Fnac. Ma porte a claqué, je suis enfermé dehors.

— C'est pas votre soirée.

— C'était pas celle de Clara non plus.

Je glissai la carte magnétique entre la porte et le chambranle, à hauteur de la serrure. Il ne se passa rien. J'insistai, mal à l'aise sous le regard curieux d'Hélène. Après un effort plus violent, la carte cassa net. Je récupérai les deux morceaux et me tournai vers la policière.

— Le serrurier demandait cent cinquante euros.

— Je comprends.

Elle sortit de son blouson un petit morceau rectangulaire de plastique épais, noir et blanc.

— Radio du poumon.

— Vous êtes malade ?

— Non : médecine du travail, c'est obligatoire.

Elle me remplaça devant la porte et, en quelques secondes, fit jouer la serrure.

— Je vous en prie…

Elle entra la première, jeta un coup d'œil au bureau et pénétra dans le séjour. Le chiffre 5 clignotait toujours sur le cadran de mon répondeur, mais moins vite, pour signaler que j'avais déjà écouté mes messages.

— Si j'ai bien compris, vous avez reçu un message de la victime ?

— Je vais vous le faire écouter.

Il fallait revenir tout au début.

« Message un... *Bonjour, mon chéri !* »

Je coupai rapidement la voix de ma mère et passai au message cinq.

« *C'est Clara... Je...* »

Et puis les bruits de bagarre et puis les bips de fin de communication. Hélène avait écouté sans bouger.

— Vous pouvez me le repasser ?

— Bien sûr.

Je réenclenchai le répondeur.

« Message un... *Bonjour, mon chéri !*... Message deux... Message... Message... Message cinq... *C'est Clara... Je...* »

Et puis encore ces bruits horribles. Les bruits de la mort de Clara.

— Je peux vous prendre la cassette ?

— Il n'y a pas de cassette. C'est un répondeur à puce électronique. Mais je peux vous enregistrer le message sur mon dictaphone.

— On va perdre en qualité. Je vais être obligée d'emporter votre appareil pour le confier au labo.

— Ça va durer longtemps ?

— Pas plus de quinze jours.

— Je ne peux pas vivre sans répondeur, avec le métier que je fais...

— Votre voisine ne peut plus vivre tout court.

Elle avait raison. Je me résignai à débrancher mon répondeur en pensant que les flics n'allaient pas forcément se passionner pour le slip que j'avais oublié chez ma mère.

— C'est le message numéro 5, vous vous souviendrez ?

Hélène Billard ne prit pas la peine de me répondre.

— Heu, à propos… Elle est morte comment, Clara ?

— Étranglée. Elle s'est débattue, le meurtrier l'a sans doute assommée avant de l'étrangler, elle avait aussi une blessure profonde au crâne.

J'évitai de penser aux derniers instants de ma voisine. Hélène fit le tour de la pièce et s'arrêta devant ma bibliothèque.

— Vous vous intéressez à la Première Guerre mondiale ?

— J'ai écrit des bouquins qui se passent en 14-18. Des polars, justement. Vous les trouverez dans toutes les bonnes librairies.

Elle me jeta un regard intéressé. Elle était vraiment jolie.

— On peut s'asseoir ?

— Bien sûr.

Nous nous installâmes autour de ma vieille table ronde, je lui proposai un café, elle accepta, je me relevai pour aller le préparer dans la petite cuisine. Il n'y avait pas de séparation, nous pouvions continuer à parler par-dessus le plan de travail du bar.

— Vous connaissiez bien Mlle Clara Gerboise ?

— Un peu… On a sympathisé quand elle s'est installée ici. Je lui ai donné un petit coup de main pour son déménagement, il y avait toutes ses affaires qui encombraient l'entrée, elle était un peu perdue.

— Il n'y avait personne pour l'aider ?

— Si, sa sœur, mais elles n'étaient pas très costaudes, ni l'une ni l'autre.

— Pas d'autre parent, un père, un frère ?

— Elle ne s'entendait pas avec ses parents, je crois.

L'eau chauffait dans la bouilloire, j'avais posé le filtre et le porte-filtre sur la cafetière en verre. Je conservais le café au frigo, ainsi il ne perdait pas son goût. Je posai une tasse, une soucoupe et une petite cuillère devant Hélène. Sur la tasse, Tintin se faisait emmener en pousse-pousse chez Mitsuhirato. Une image du *Lotus bleu*. Un cadeau de Marie-Luce qui venait d'adopter une petite Bolivienne. Je pensai à la tête qu'elle allait faire quand je lui raconterais le meurtre de Clara.

— Vous prenez du sucre ?

— Je veux bien.

J'avais rassemblé quelques morceaux de sucre roux dans un petit pot de verre qui avait contenu une mousse au chocolat bio. Je posai le pot sur la table, près de la tasse Tintin.

— Qu'est-ce que vous pouvez me dire sur Clara ?

J'hésitais. L'eau bouillait, j'ai pris le temps d'en verser une première rasade sur le café moulu. J'adorais cette odeur. De toute façon, à quoi ça sert de cacher quelque chose aux flics ? Ils finissent par tout savoir.

— Autant que je vous le dise… Elle était étudiante mais elle recevait beaucoup d'hommes.

— Ce n'est pas incompatible.

— Elle se faisait payer.

— Vous voulez dire qu'elle se prostituait ?

— Oui.

— En indépendante ?

— Bien sûr.

— Elle se droguait ?

— Non, pas à ma connaissance. C'était pour payer ses études.

— Et ses parents ? Ils l'avaient complètement laissée tomber ?

— Elle n'en parlait pratiquement jamais.

— Mais il n'y avait pas d'histoires dans l'immeuble ?

— Les gens ne savaient pas. Ou quand ils savaient, ils n'avaient pas envie de faire d'histoires.

— Ils auraient pu la dénoncer à son propriétaire.

— Ce n'est pas le genre de l'immeuble.

J'allai remettre de l'eau sur le café.

— Ça va vous paraître bizarre, sans doute, mais pour moi Clara était une fille bien.

— Dans quel sens ?

— Elle faisait la pute, c'est vrai, mais ça restait discret. Pour le reste, c'était quelqu'un d'intelligent, de drôle, un esprit curieux avec beaucoup d'humour. On s'aimait bien tous les deux. De temps en temps, elle venait m'emprunter un bouquin…

— Vous avez… Vous avez eu une histoire avec elle ?

— Non. Elle était quand même très jeune.
— Vous auriez pu la payer, vous aussi.
— Ce n'est ni dans mes habitudes, ni dans mes moyens.
— Elle était chère ?
— Je n'ai jamais cherché à savoir. Mais, à mon avis, elle pouvait se le permettre. (Je me tournai vers la flic.) Vous avez tendance à imaginer le pire, je suppose ? À voir les gens sous leur plus mauvais côté ?
— J'aimerais me tromper plus souvent.
Une dernière rasade d'eau chaude. Le liquide noir avait monté dans la cafetière.
— Clara et moi, c'était pas mal de rigolade et aussi de vraies discussions. Elle était étudiante en philo. On refaisait le monde, qui en a bien besoin, on parlait des commerçants du quartier ou des films qu'on avait vus.
— Elle n'évoquait jamais ses… clients ?
— Non, et je n'avais pas envie de lui en parler. Il y a un côté obscur dans la prostitution, c'était son affaire. Peut-être qu'elle y trouvait son compte, d'une façon ou d'une autre. Vous en avez déjà rencontré, des étudiantes qui font des passes ?
— C'est devenu une banalité. Mais ça ne se termine pas toujours par un meurtre. Il y en a même qui se font « sponsoriser » par un client unique, et le jour du diplôme ils se séparent bons copains.
— Super !
J'ai posé le filtre dans l'évier, j'ai mis le couvercle de la cafetière et j'ai servi Hélène en pensant à tous ces types pleins de pognon qui se

tapaient des petites étudiantes de l'âge de leurs filles. Ou de leurs petites filles.

— Merci. Ça sent bon.

— Toujours, le café.

Elle mit deux sucres et remua en jetant un coup d'œil par la fenêtre. Au-dessus des immeubles de la cité, les étoiles s'étaient allumées. Les clignotants d'un avion lointain se faufilaient entre les nuages et, tout au bout, un faisceau lumineux montait son cône inversé vers le ciel noir.

— Clara paraissait-elle spécialement inquiète les dernières fois où vous l'avez vue ?

— Elle était toujours un peu nerveuse, avec parfois de grands accès de cynisme et d'autodérision. Mais je n'appellerais pas ça de l'inquiétude. Plutôt une vieille tristesse joliment camouflée.

— Et ses visiteurs masculins, vous en avez rencontré ?

— Une fois, j'ai vu un grand Noir qui sortait en regardant le bout de ses chaussures. Et puis le type de ce soir.

— Vous pouvez me le décrire ?

Hélène avait sorti un calepin et un stylo Bic bleu.

— Il était grand, plus grand que moi, je dirais un mètre quatre-vingt-cinq. Brun, presque un type espagnol, ou gitan. Des yeux noirs, un gros nez, un visage maigre, sec. Une drôle de tête, comme un enfant qui aurait mal grandi.

— Ne vous fatiguez pas à faire de la poésie. Ses vêtements ?

— Il portait une veste et en dessous… peut-être une chemise ? Ou un pull ? Je ne sais plus, je n'ai pas bien vu.

— Vous le reconnaîtriez sur une photographie ?

— Je pense que oui.

Elle but une gorgée de café, eut une mimique satisfaite.

— Il est bon.

— Arabica bio.

— C'est une formule magique ?

— Non : le café. Arabica biologique.

— Je m'en souviendrai.

Il y eut un silence. De nouveau, je regardai au dehors les carrés lumineux des fenêtres formant une figure aléatoire dans la géométrie des immeubles.

— Le type a essayé de me suivre dans l'ascenseur. Je me dis que c'est peut-être mieux qu'il n'ait pas réussi.

— Vous vous dites bien. Il ne voulait sans doute pas de témoin.

— Ce qui veut dire que, d'une façon ou d'une autre, on peut remonter jusqu'à lui ?

— C'est tout ce que j'espère, monsieur Mellec.

Elle referma son calepin, finit son café et, avant de s'en aller, me posa des questions sur mon métier. Les gens qui vivent de leur écriture paraissent souvent extraordinaires. Ou suspects. Je lui fis visiter mon bureau. Elle remarqua le cadre officiel posé sur la cheminée.

— Vous avez eu un prix ?

— Oui, des lycéennes ont aimé un de mes livres.

— Félicitations.

— Merci. Vous avez des enfants ?

— Pas vraiment le temps.

Elle fit une petite grimace, peut-être une esquisse de sourire.

— Les femmes ont du mal à se faire considérer comme des flics à part entière. Je ne vous parle pas des mamans.

Cette inspectrice me plaisait. Je ne voyais pas comment le lui faire savoir. Elle me tendit la main.

— Au revoir, monsieur.

— Au revoir, inspecteur Billard. Et si vous avez d'autres questions à me poser, n'hésitez pas, j'aurai toujours du café. Bio.

— Et si, vous, vous vous souvenez d'un détail, de quelque chose, appelez-moi.

— D'habitude, c'est le moment où vous me laissez votre carte, non ?

— Je n'en ai pas.

J'avais posé par terre un paquet de vieux journaux et de paperasse destinés à être jetés dans la poubelle jaune. Hélène attrapa une enveloppe usagée, ma cotisation à la sécurité sociale des auteurs, et griffonna son numéro de portable au verso.

— Et faites quand même attention à vous.

Je la raccompagnai jusqu'à l'ascenseur, elle s'engouffra dans l'escalier et disparut, elle sautait avec souplesse sur les marches, je me retins de lui dire encore une fois au revoir. Je demeurai un moment à écouter décroître le bruit de ses pas feutrés. J'allais rentrer chez moi quand j'entendis la voix d'un des flics.

— Regardez, inspecteur, on a trouvé un marteau sur l'appui de la fenêtre, au premier étage.

— Montrez-moi ça...

J'allais avoir une bonne raison de rappeler l'inspecteur Hélène Billard.

Je rangeai la table et mis la tasse vide dans l'évier. Hélène ne portait pas de rouge à lèvres. La pendule du four indiquait deux heures et demie du matin. Le lendemain à 10 heures, je participais au conseil d'administration d'une fondation d'assistance aux écrivains, il fallait que je parte de chez moi à neuf heures et quart, donc que je me lève à 8 heures au plus tard. Ce petit calcul rétrospectif acheva de me saper le moral. J'attrapai mon journal, un grand cahier orange acheté chez Papier Plus, et résumai ma journée. À la fin, je notai laconiquement : « *Meurtre de Clara. J'ai croisé l'assassin. Interrogé par la jolie Hélène.* » Quand le radio-réveil me tira du sommeil avec la voix suave d'une fipette annonçant qu'un poids lourd s'était couché sur la Francilienne, j'avais l'impression d'avoir à peine dormi. Je me traînai comme un zombie jusqu'à la salle de bain, évitai de me regarder dans la glace et me douchai longuement. Thé rouge, galettes de riz – mon acupunctrice m'avait conseillé de protéger mon estomac, avant de me laisser partir avec deux aiguilles dans le dos. Je recopiai le numéro d'Hélène dans mon agenda, puis descendis à pied. Je m'arrêtai devant la porte de l'appartement de Clara. Tout à coup, une vague de chagrin me fit monter les larmes aux yeux. Je n'allais plus jamais voir sa petite frimousse pointer le bout de son nez chez moi. Elle était sans doute tombée sur un de ces salopards, produit dégénéré de la morale judéo-chrétienne, qui ne supportait ni son propre plaisir, ni celui des autres. Un reflet de soleil éclairait la cage d'escalier. Un éclat de lumière, au ras du tapis, attira mon attention. Je me penchai. Une petite médaille s'était coincée sous la baguette de cuivre. J'avais un paquet de mouchoirs en papier dans ma poche, vieux reste du temps où j'offrais des glaces à ma fille. J'en tirai un et ramassai soigneusement la médaille, en évitant d'y déposer des empreintes. Côté face, elle présentait un buste de femme avec auréole. Côté pile, le nom : Sainte Catherine Labouré. Ça me disait vaguement quelque chose. La porte de l'appartement d'en face s'ouvrit dans mon dos. Michel Bléchard partait au travail. Il regarda la porte fermée de Clara, me dévisagea et fit une grimace : l'affaire était grave.

— Ils vont revenir ? s'inquiéta-t-il.

— Les flics ? Certainement. Ou peut-être pas, d'ailleurs. Ils ont dû faire toutes les constatations cette nuit.

— Et l'appartement ? Il va rester vide ?

— Je n'en sais rien. Ça reste une scène de crime.

Michel me regarda avec de grands yeux horrifiés.

— On va encore être interrogés ?

— Toi, non. Moi, peut-être : après tout, j'ai croisé l'assassin.

— Oui, c'est normal, conclut-il, soulagé.

Il m'énervait, je n'allais pas le laisser partir comme ça.

— Il est possible qu'on me menace. Si jamais... Je pourrai dormir chez toi ?

Il déglutit avec difficulté. Je ne savais pas quelle perspective l'indisposait le plus, de savoir qu'un meurtrier rôdait dans le quartier, ou de devoir m'héberger dans son studio.

— Tu es sérieux ?

— Non... Mais j'ai peur qu'au sixième on ne mette du temps à retrouver mon cadavre.

— Arrête !

Il haussa les épaules et passa devant moi avec un dernier petit regard en coin pour la porte de l'appartement. Je le laissai sortir, enveloppai soigneusement la médaille dans un mouchoir, la glissai dans la poche latérale de mon cartable et sortis à mon tour. Non sans avoir, par acquis de conscience, ouvert ma boîte à lettres, sachant pourtant que le facteur ne passait désormais plus qu'une seule fois par jour, à midi. Et ça n'allait pas s'arranger avec la privatisation de la Poste.

J'ai eu du mal à m'intéresser aux débats du conseil d'administration de la fondation d'assistance aux écrivains en difficulté. Nous avions hérité d'un immeuble dans les beaux quartiers, legs d'un auteur du début xxe qui était mort sans descendance. Une de nos locataires, Mme Affighi, refusait obstinément de nous payer. Certains d'entre nous soupçonnaient cette ancienne chanteuse de music-hall d'avoir été la maîtresse du précédent président de la fondation. Elle nous devait une somme importante. Le syndic proposait de trouver un arrangement pour étaler sa dette. Le vice-président était sourd comme un pot, ce qui n'arrangeait pas la discussion. Tout en fixant machinalement la nouvelle directrice, qui avait laissé ouvert un bouton de trop à son chemisier transparent, je pensais à Clara, au visage effrayant de son meurtrier, à la médaille coincée dans l'escalier. Et ça me revint tout d'un coup : Catherine Labouré était une sainte parisienne, elle avait sa chapelle dans le 7e arrondissement, pas loin du Bon Marché. Je l'avais visitée avec Bernard, mon maître en écriture, qui désirait s'en inspirer pour rédiger une scène d'un de ses romans.

— À moins que quelqu'un ne se dévoue pour coucher avec Mme Affighi !

C'était la formule rituelle qui déclenchait les rires et marquait la fin des débats. Le syndic salua et sortit, le président le remercia et le vice-président, qui n'avait rien compris, s'étonna qu'il partît si vite.

— Il n'est pas fâché, quand même ?

La directrice, après m'avoir adressé un grand sourire suggestif, enchaîna sur les cotisations des adhérents, dont il fallait voter le montant.

J'ouvris discrètement mon plan de Paris à la page du 7ᵉ. La chapelle était indiquée, elle donnait dans la rue du Bac. J'étais soudain impatient d'y aller. Je pris parti pour une augmentation modérée de la cotisation, de l'ordre de 4 %. Nous votâmes comme un seul homme.

— Qui reste manger ? demanda la directrice en balançant sa mèche d'un joli mouvement de tête.

Des mains se levèrent, je prétextai un rendez-vous urgent et m'éclipsai.

Changement à Saint-Lazare puis la ligne 12 jusqu'à Sèvres-Babylone. Le Lutetia s'avançait, tous drapeaux dehors, entre le boulevard Raspail et la rue de Sèvres. J'y donnais parfois des rendez-vous de travail, et j'avais commencé à draguer la très jolie responsable du salon de thé, sans hélas persévérer, ce que je me reprochais régulièrement. Je longeai le square et pris à droite dans la rue du Bac. J'eus l'idée de prévenir Hélène, fouillai dans mes poches à la recherche de mon téléphone mobile et me rendis compte que je l'avais oublié chez moi. Ça m'arrivait de temps en temps, j'avais du mal à me faire à cet appareil indiscret et tenace qui ne me laissait jamais tout à fait en paix. L'éteindre n'était pas vraiment une solution, je n'avais alors qu'une envie, celle de le rallumer. La cabine téléphonique au coin était occupée par un Kurde très excité, j'estimai qu'il en avait pour un certain temps, j'appellerais plus tard. Un petit passage conduisait à la chapelle de la médaille miraculeuse. Au bout de ce passage, les murs d'une courette tout en longueur avaient été recouverts d'ex-voto remerciant la sainte pour bon nombre de miracles formidables en des termes vibrant de gratitude et de dévotion. La chapelle se trouvait au fond, blanche et dorée, toute à la gloire de la sainte, une brave fille qui avait vu la Vierge Marie et avait joué un rôle non négligeable dans le dogme de l'Immaculée Conception. Un groupe de touristes italiens venaient d'entrer et suivaient les explications du guide polyglotte. La sainte, morte et sans doute embaumée, gisait dans son cercueil de verre, un chapelet lui entourant les deux mains jointes. On pouvait se procurer la médaille miraculeuse à un comptoir tenu par deux jeunes femmes tristes et pâles. La médaille, ovale et dorée, présentait côté face la Vierge Marie entourée de la phrase : *Marie conçue sans péché, priez pour nous qui avons recours à vous*. Côté pile, la lettre M était surmontée d'une croix, et soulignée de deux cœurs dont l'un était percé d'un poignard. Ils proposaient aussi un modèle plus local, semblable à celui que j'avais trouvé devant chez Clara. Il coûtait dix euros, mais on pouvait donner plus. Je donnai dix, j'avais juste besoin de la protection de base. Compte tenu de l'affluence des pèlerins, il devait bien se vendre quelques dizaines de médailles par jour, de chaque modèle. Tout ça ne m'avançait pas à grand-chose. Je ne me sentais pas de marmonner une quelconque prière mais, à la mémoire de Clara, j'allumai un cierge. J'aurais voulu mettre une de ces grandes bougies blanches qu'on pique sur le présentoir, mais il n'y avait plus que de moches petits pots de plastique, j'en choisis un rouge et le posai près des autres. Je regardai un moment sa flamme s'agiter au milieu des autres en pensant à la petite blonde qui n'aurait pas vécu bien longtemps sur cette terre de misère. Du coin de l'œil, je perçus un mouvement à l'entrée. Je tournai la tête machinalement et me figeai : l'assassin venait d'entrer. Je reconnus dans la seconde sa silhouette longiligne, sa tête trop petite au regard fixe, ses oreilles légèrement décollées. Il ne m'avait pas vu. Il se dirigea lui aussi vers le comptoir des objets religieux et désigna la médaille à l'une des blêmes vendeuses. Je me reculai doucement et me dissimulai parmi les dévots transalpins à qui le guide racontait avec des trémolos dans la voix la vie édifiante de Catherine Labouré. Lentement, sans perdre des yeux le meurtrier bigot, je contournai les Italiens et me rapprochai de la porte. Encore deux mètres et j'y étais. Il y eut soudain un grand cri et un vent d'affolement parcourut le groupe : une grosse femme s'était trouvée mal et gisait, blanche comme une hostie, sur le sol froid de l'église. On se précipita autour d'elle, on sortit des mouchoirs, des bouteilles d'eau minérale, des fioles de parfum, une pomme et même du chocolat. L'assassin s'était retourné et, au moment précis où j'atteignais enfin la sortie, mon regard rencontra le sien. Je me précipitai dehors, bousculant deux prêtres africains en soutane, passai comme une flèche devant la galerie d'ex-voto et débouchai enfin dans la rue. Un coup d'œil en arrière : le type me coursait. Je manquai d'un cheveu un bus qui démarra sous mon nez et me mis à courir comme un fou. Je m'assurais de temps en temps que le meurtrier était toujours après moi. Une voiture de police me croisa, sirène hurlante, gyrophare allumé. Entrer dans un magasin ? L'autre cinglé allait me suivre, m'abattre sous les yeux des vendeurs et repartir sans se faire prendre. Il fallait que je le sème. Il semblait en pleine forme ; moi, je commençais à fatiguer. Cela faisait deux ans que j'avais abandonné le jogging au profit du Sancerre rouge. Hors d'haleine, je m'engouffrai dans le Bon Marché, rayon hommes. Je n'osais pas courir dans l'atmosphère feutrée, toute luxe et cachemires, cuivres et éclairages indirects. À ma gauche, des cravates aux rayures agressives. À ma droite, des promotions pour des chemises à col boutonné. Un reflet derrière moi, le fou entrait à son tour. J'obliquai à gauche, pulls et chapeaux. Course en zigzag entre les présentoirs. Enfin, un escalier mécanique que je gravis quatre à quatre. Sous-vêtements féminins, courbes et douceur, érotisme soft. Un haut-parleur conseillait à la clientèle de prendre une carte de fidélité. Je ne me risquais plus à regarder en arrière. Je me glissai entre deux mannequins arborant des petites culottes ravissantes et, courbé en deux, fis semblant de m'absorber dans la texture d'une paire de bas. Je réussis à jeter un coup d'œil vers les escalators et pestai :

mon poursuivant débouchait à son tour à l'étage. J'eus un moment de découragement : autant tout laisser tomber et me rendre, lui crier que j'étais là et qu'il n'avait qu'à me tuer moi aussi. Mais non ! Je n'allais pas me laisser abattre. Ce sale type avait tué Clara. Visiblement, je l'inquiétais, j'allais continuer à lui pourrir la vie, à ce salaud. Toujours plié en deux, j'ai contourné deux caisses et me suis retrouvé devant les cabines d'essayage. J'ai refermé le rideau derrière moi et me suis collé au mur, haletant. Sur une affichette, trois filles magnifiques et quasi nues me regardaient en rigolant. Je tâchai de calmer ma respiration. Quelqu'un entra dans la cabine voisine. Aux bruits qu'elle faisait, je conclus qu'une femme essayait des vêtements. De longues minutes passèrent. Puis ma voisine appela la vendeuse : pour le bas, ça allait, mais elle se demandait si le soutien-gorge n'était pas un peu trop serré. L'employée vint estimer la situation et donna son opinion : elle voulait bien lui faire essayer la taille au-dessus mais, à son avis, ce serait trop grand. Perplexité. Dans le fond, musique douce et ronronnement des escaliers mécaniques.

— Bon, je crois que je vais le prendre, finalement. Vous ne l'avez plus en bleu, par hasard ?

— Non, madame, désolée.

— Bon, tant pis.

Bruit métallique du rideau qu'on tire. Machinalement, la vendeuse écarta celui de ma cabine. Nous restâmes un instant face à face, elle ouvrant de grands yeux, moi lui souriant pour qu'elle ne s'affole pas. Inutile d'alerter le psychopathe qui devait traîner dans le coin.

— Monsieur... Vous désirez ?

— Désirer... c'est un bien grand mot. Toute cette accumulation de marchandises, toutes ces publicités ne laissent plus beaucoup de place au désir, vous ne trouvez pas ?

— Excusez-moi, monsieur, mais qu'est-ce que vous faites dans cette cabine ?

— J'essaie un pull. L'automne va venir vite.

Elle inspecta le petit espace.

— Il est où, ce pull ?

Je fis mine de regarder autour de moi et haussai les sourcils.

— Oui, tiens, c'est bête, je l'ai oublié dans le rayon.

— Le rayon ? Quel rayon ? Vous êtes ici chez les femmes.

— Oui, bien sûr. Il m'arrive de porter des pulls de femme, vous savez. Je ne suis pas très costaud, regardez... D'ailleurs, je me dis souvent qu'il faudrait que je fasse un peu de sport. Où se trouve le rayon sport, à propos ?

— C'est dans l'autre magasin, monsieur.

— Ah, parfait. J'y fonce.

Elle me laissa passer à contrecœur, n'osant pas contrarier un client. Elle avait pourtant bien envie de crier au scandale, au voyeur, à l'obsédé. Je lui fis un petit signe amical et regardai autour de moi : plus aucune trace de mon sinistre poursuivant. Je trottai jusqu'à l'escalator, dévalai les quelques marches, traversai la boutique de chaussures en m'effrayant du prix des modèles anglais et me retrouvai dehors. Un taxi débarquait une vieille Américaine, son parapluie et ses paquets. Je pris sa place à l'arrière.

— 12, rue Wurtz, s'il vous plaît.

Le chauffeur, un jeune Arabe antipathique, écoutait du rap et refusa obstinément de changer la musique. Contrairement au Bon Marché, dans les taxis parisiens le client n'était plus roi. Ma main rencontra au fond de ma poche un papier froissé : c'était l'enveloppe sur laquelle l'inspectrice avait noté ses coordonnées. Il fallait que je lui parle de ce qui venait de se passer. J'avertis mon peu aimable phaéton que je changeais de destination et que j'allais boulevard de l'Hôpital.

— Pour moi, c'est la même direction.

— Alors c'est parfait. Vous me déposerez à l'hôtel de police.

Il changea immédiatement de station de radio et nous arrivâmes à Denfert-Rochereau sur les accords de la cinquième variation Goldberg interprétée par la sublime Zhu Xiao-Mei.

Chez les flics, tout ce qui ne porte ni uniforme ni carte tricolore est condamné à attendre. J'eus le temps d'entendre hurler une jeune bourgeoise dont on avait volé la Mini et qui trouvait que le police ne faisait pas son travail, de voir arriver un jeune Noir menotté encadré par deux inspecteurs en civil et de feuilleter le bulletin officiel de la mairie du 13e arrondissement, visiblement satisfaite de son bilan. Deux pages, au centre, étaient réservées à l'opposition qui se montrait nettement moins convaincue. Enfin, Hélène en personne vint m'arracher à mon siège thermoformé. Je la suivis à travers un dédale de couloirs et d'escaliers lugubres jusqu'à la pièce minuscule qu'on lui avait attribuée. En chemin, elle salua plusieurs collègues masculins, et je constatai qu'à chaque fois ils la déshabillaient du regard. Je suppose que le travail de police exalte la testostérone et stimule la libido, les jeunes manifestants en font l'amère expérience. Je pris place en face d'elle. Un rayon de soleil arrivait obliquement sur son visage, faisait ressortir quelques taches de rousseur et lui donnait un air de madone.

— Alors ?

En quelques mots, je la mis au courant de ma découverte de la médaille miraculeuse et de ma visite à la chapelle de sainte Catherine Labouré. J'ai déposé délicatement devant la policière la médaille encore enveloppée du mouchoir en papier. À l'aide d'une pince, Hélène la mit dans un petit sachet de plastique qu'elle étiqueta.

— Vous avez formellement reconnu l'individu que vous avez vu sortir de chez la victime ?

— De chez Clara, oui.

— Ce serait un grand superstitieux. Ça arrive, chez les voyous.

— Ou un catholique très pratiquant. La religion n'a jamais empêché les gens d'assassiner, bien au contraire.

Elle me regarda et je vis comme la lueur fugitive d'un sourire illuminer ses yeux, tout au fond du bleu.

— On va passer à l'Identification. J'aimerais qu'on fasse un portrait-robot.

— Pour mettre dans le journal ? En général, ils sont suffisamment vagues pour inquiéter la moitié du quartier.

— Vous êtes là pour le rendre précis.

Elle échangea deux coups de fil puis m'expliqua que ça se passait à l'étage au-dessus. Je m'attendais à être mis en présence d'un dessinateur virtuose, je me retrouvai assis à côté d'une petite brune toute ronde avec un diamant dans le nez, collée à l'écran de son ordinateur. Un PC.

— Vous n'auriez pas préféré un Mac pour le dessin ?

— C'est l'administration qui passe les commandes.

Hélène est restée derrière nous pendant que sa petite collègue faisait défiler les cheveux, les fronts, les nez, les sourcils, les yeux, les oreilles, les joues, les mentons... Ça m'a rappelé un jeu de société auquel j'avais joué chez mes amis bretons d'Audierne, une grande famille qui occupait ses soirées à s'affronter à La Bonne Paye ou au Cluedo. Peu à peu, le visage du meurtrier se composait devant moi. J'étais fasciné. La brunette était habile et patiente lorsque j'avais des hésitations. Au bout d'une demi-heure, la ressemblance était suffisante. Il aurait fallu repasser au crayon sur certains traits, affiner les détails, humaniser en quelque sorte ce visage numérique, mais je reconnaissais le type que j'avais croisé devant chez Clara et qui m'avait poursuivi dans les rayons du Bon Marché. J'en avais presque peur. Je me retournai vers Hélène.

— Ça vous dit quelque chose ?

— Non. Je ne connais pas tous les criminels de France.

— Il est peut-être étranger.

— Je vais faire circuler sa bobine. Mais je ne le sens pas. À mon avis, il n'est pas dans nos fichiers.

— Je peux en garder un exemplaire ?

— Pourquoi faire ? Vous le connaissez déjà trop bien.

— Ça me fera un souvenir. J'aime bien le travail de mademoiselle.

La graphiste, imperturbable, m'imprima un portrait-robot.

Hélène remercia la ronde informaticienne et nous venions à peine de quitter la pièce quand son portable sonna. Elle répondit par quelques phrases laconiques et raccrocha.

— Bon, évidemment, la brigade criminelle va prendre le relais. Il paraît que le père de la victime est un grand médecin. Vous le connaissez ?

— Non. Clara parlait très peu de sa famille, je vous l'ai dit. Je sais seulement qu'elle avait une sœur, Lisa, avec qui elle s'entendait pas mal, et que j'ai croisée une fois. Mais ses parents, mis à part le fait qu'elle ne voulait plus avoir de relations avec eux, je crois que nous n'en avons jamais parlé.

Nous étions redescendus au bureau d'Hélène.

— Alors, je n'aurai plus affaire à vous ?

— En principe, non.

— Ils vont m'interroger aussi, les gens de la Crim' ?

— Je n'en sais rien. Je vais leur transmettre mon rapport.

— Je n'ai pas envie de collaborer avec eux. C'est vous qui me… Enfin, je trouve que c'est très bien avec vous.

— Je suis toujours là, vous savez, et vous avez mon numéro. Mais n'oubliez pas que ce matin un meurtrier vous a couru après. À votre place, je ne prendrais pas cette histoire à la légère.

— Venez faire des rondes dans mon coin.

— C'est une idée.

Je lui serrai la main, je lui aurais bien fait la bise. Je suis quelqu'un de très affectueux. Je descendis les marches de l'hôtel de police en me demandant si je devais vraiment avoir peur. Et puis j'avais oublié de parler à Hélène de mon marteau. Elle ne m'avait pas posé la question.

3

Lisa

Quand je suis rentré chez moi, le facteur était passé. Je retirai les enveloppes d'un geste machinal et me mis à les ouvrir. J'étais toujours surpris par mes notes de téléphone. J'avais un forfait pour appeler les portables, mais je l'explosais régulièrement. Il y avait aussi une lettre de Sophie qui me reprochait de ne pas lui donner plus régulièrement de mes nouvelles. Elle me demandait si je la considérais comme une simple distraction. Bien sûr que non. Mais inutile d'épiloguer, je n'allais pas lui répondre. J'attendais l'ascenseur quand Hannah déboula du premier. Elle avait l'air absent et reposé de quelqu'un qui a dormi longtemps. Je commençai à m'excuser pour sa carte Fnac que j'avais cassée en deux, je pouvais toujours lui rendre les morceaux, elle m'assura que ça n'avait aucune importance. Elle se montra amicale mais distante. J'avais laissé passer ma chance.

Elle désigna la porte de Clara et haussa les sourcils.

— C'est grave ?

— Difficile de faire plus grave : elle est morte. Vous ne le saviez pas ?

Elle devint toute pâle.

— La police est venue m'interroger hier soir, mais ils n'ont pas voulu me dire ce qui s'était passé. C'est un crime ?

— Tout ce qu'il y a de plus crime.

Elle regarda autour d'elle, fixa un moment le boîtier électronique qui commandait la porte intérieure du hall (installé par un serrurier chinois, il fonctionnait néanmoins admirablement depuis plusieurs années) puis revint à moi.

— C'est dangereux ?

— Vous avez vu *Marathon Man* ?

— Non. C'est un film sur le sport ?

— Pas exactement. C'est avec Dustin Hoffmann. Il passe le dernier tiers du film à poser la même question que vous. Il répète tout le temps « Is it safe ? ».

— Vous trouvez que « C'est dangereux ? » est une bonne traduction ?

— Je me demande. Qu'est-ce que vous proposeriez ?

— Je ne sais pas... Peut-être : « Est-ce qu'on est en sécurité ? »

— Et qu'est-ce que vous en pensez ?

— C'est sans doute trop long. « C'est dangereux ? » a le mérite de comporter trois syllabes, comme « Is it safe ? ». À condition d'élider le « ge ».

Je lui fis remarquer qu'elle avait un bon feeling pour les traductions.

— C'est normal, je suis interprète. Comme je dis toujours, interprète, mais pas musicienne. Et c'est dommage, d'ailleurs.

— Et vous travaillez où ?

— Dans un centre international de conférences, dans le 15e. Il faut que j'y aille, à propos, parce que je suis déjà en retard. Donc vous pensez qu'on ne risque rien ?

— Je n'ai jamais dit ça. Au contraire, même, je pense qu'il faut qu'on fasse un peu attention.

Elle soupira, faillit ajouter quelque chose puis se retint et fila. Elle était vraiment jolie. Elle ne regarda même pas son courrier, ce que j'ai trouvé incroyable. La porte de la rue claqua sur un envol de cheveux roux. L'ascenseur arrivait au même moment.

Il était midi, j'essayais en vain depuis une demi-heure de régler ma facture d'électricité par Internet quand j'entendis une clef dans la serrure de la porte de mon appartement. Je m'immobilisai, pétrifié, le cœur serré par la terreur. Le tueur allait faire deux mètres, jeter un coup d'œil dans le séjour puis sur sa droite, et enfin s'avancer jusqu'à mon bureau. Nous allions nous trouver face à face, il ne dirait pas un mot, sortirait une arme équipée d'un silencieux et me mettrait deux balles dans la tête. Ou alors il se précipiterait sur moi pour m'étrangler, comme il avait étranglé la pauvre Clara. J'allais avoir à me battre pour survivre. Je tentai de me rappeler les cours de karaté que j'avais pris chez Stéphane Baron, mais rien d'utile ne me venait, j'étais affolé, je revoyais seulement Stéphane qui nous soutirait vingt francs avant la fin du cours du samedi, au prétexte que c'était un stage spécial, Stéphane qui voulait faire du cinéma. La porte s'ouvrit. J'étais incapable d'articuler un son. Stéphane qui se disait champion de ski, descendant une piste noire sur un seul ski en tenant l'autre à 90°. Deux pas dans l'entrée. Ma seule chance serait que le type entre dans le séjour, puis dans la chambre. J'aurais alors deux secondes pour m'échapper. J'avais cessé de respirer. Sur l'écran plat, une zone de dialogue me demandait pour la cinquième fois un mot de passe qu'on ne m'avait jamais fourni. Encore deux pas : le tueur venait droit dans mon bureau. Je n'avais aucune issue. Ou alors sauter par la fenêtre et tenter de m'accrocher au balcon des Novelas, au cinquième. L'idée du vide me donnait d'avance le vertige. J'avais vu souvent cette photo des ouvriers irlandais cassant la croûte en plein ciel, sur une poutre métallique d'un building en construction, je ne pouvais pas la détailler sans frémir. Je me suis tourné vers la porte, prêt à regarder ma mort en face. Curieusement, l'intrus s'arrêta dans mon dressing, juste à côté. Je l'entendis qui farfouillait, il y eut des bruits de tissu, comme s'il cherchait quelque chose dans mes vestes accrochées là. Je repoussai tout doucement mon fauteuil à roulettes en arrière. D'un bond, je pouvais être dans le couloir. La porte du dressing ouvrait vers l'extérieur, il me suffisait de la repousser pour coincer le meurtrier à l'intérieur. Bien sûr, il pouvait tirer à travers la porte, mais il n'était pas certain de me toucher, et cela me laissait le temps de sortir de l'appartement. Je saisis d'abord avec précaution mon téléphone portable – posé entre ma réserve de timbres poste et la photo de ma fille – et composai le numéro d'Hélène. Puis, sans attendre qu'elle réponde, je comptai silencieusement jusqu'à trois avant de m'arracher du fauteuil, qui alla dinguer contre une pile de dossiers entassés près de la cheminée, accrochai au passage la porte du dressing et la refermai violemment.

— Monsieur Mellec ?

Une voix à l'accent slave, étouffée par les vêtements suspendus autour du dressing, m'appelait avec un soupçon d'angoisse. J'allais me précipiter sur le palier quand je me rendis compte que cette voix m'était familière. Samedi, on était samedi, c'était le jour où ma femme de ménage polonaise, Paula, venait remettre dans mon trois-pièces un peu d'ordre et de propreté. Elle entrouvrit la porte du dressing, paniquée.

— Monsieur Mellec ? répéta-t-elle d'une voix éteinte.

— Oui, c'est moi, Paula.

— Ah bon... J'ai cru que c'était un cambrioleur.

— Moi aussi. Un assassin, même.

Elle me regarda sans comprendre, je me penchai pour lui faire la bise. Paula, blonde comme l'été, possédait cette beauté rêveuse, nonchalante, qui avait le don de m'exciter au plus haut point. Mais elle était mariée, avait déjà deux filles de deux hommes différents, était beaucoup trop jeune pour moi, et, après tout le mal que j'avais eu pour la trouver, je ne pouvais pas me permettre de perdre une aussi formidable femme de ménage pour quelques caresses qu'elle eût de toutes les façons repoussées. La Pologne, position avancée de l'Église à l'Est, produit des catholiques fervents qui, s'ils ne sont pas tous pratiquants, entretiennent dans leur grande majorité au fond de leurs cœurs la vaillante flamme d'une admirable foi. Et le respect des commandements qui vont avec. Paula pouvait plaisanter avec moi et me tendre ses joues, elle n'aurait jamais eu le moindre geste ambigu.

— C'est tout ce que vous avez, comme repassage ?

— Oui, je n'ai pas eu le temps de faire une autre lessive.

— Alors je vais en profiter pour nettoyer le frigo.

— Génial !

Un petit clignotement lumineux sur mon portable attira mon attention : Hélène avait décroché.

— Allô ? Qu'est-ce qui vous arrive ?

— Rien… Je me suis seulement rappelé que, hier soir, j'avais laissé mon marteau sur le rebord d'une fenêtre, au premier étage.

— Ah, c'est à vous… Qu'est-ce que vous faisiez avec ce marteau ?

— C'était pour me défendre au cas où je serais tombé sur l'assassin.

— Mais pourquoi vous l'avez posé là ?

Tout en téléphonant, je marchais de long en large dans mon séjour, jetant un coup d'œil à la partition posée sur mon piano : la sinfonia à trois voix en *mi* bémol majeur de Bach. La version simple, sans les ornements.

— Je ne voulais pas faire peur à ma voisine. Je lui ai emprunté sa carte Fnac.

— Celle que vous avez cassée en deux ?

— Celle-là même. Vous pensez que je peux récupérer mon marteau ?

— Je vais m'en occuper. La Crim' vous a contacté ?

— Pas encore.

— Bon courage.

Elle raccrocha. Paula entra, déplia la table à repasser et brancha le fer. Je me préparai un thé et m'installai devant mon ordinateur pour répondre à mes mails. Dans un accès désespéré de solitude, j'avais contacté une agence matrimoniale, six mois plus tôt. Depuis, même si, refroidi par les tarifs, j'avais renoncé à faire appel à ses services, elle me prévenait chaque fois qu'une nouvelle cliente correspondant à mon profil venait de s'inscrire. C'était un texte standard, seul changeait le prénom. « Sans hésiter, on peut dire de Karine qu'elle a un physique agréable. » Je me demandais ce qu'elle aurait pu écrire à mon sujet. « Sans hésiter, on peut dire de Thierry que c'est un homme sensible et ouvert… » « Sans hésiter, on peut dire de Thierry que c'est un grand névrosé, égocentrique et hypocondriaque… » Enfin, qu'importe… Je glissai le message à la corbeille. Une productrice voulait me rencontrer pour un projet de documentaire sur les tortues. Sophie était rentrée en Angleterre, elle m'envoyait une photographie du chat qu'elle avait adopté. Sans commentaire. J'aimais bien ce chat. Il avait pris l'habitude de venir se balader sur le toit de la verrière, dans la petite maison de briques de Sophie, faisant sonner le toit comme un tambour. Nous avions passé de bons moments à Reading, Sophie et moi. Mon téléphone fixe sonna, c'était la brigade criminelle, ils voulaient me voir dans l'après-midi.

J'avais rendez-vous à Bastille avec Antoine, mon meilleur ami, un comédien passionnant, champion de karaté (c'était lui qui m'avait entraîné dans les cours de Stéphane Baron) et père de deux enfants blonds aux yeux bleus, de grands yeux rêveurs et malicieux, comme les siens. Il m'attendait au Café Français, devant lequel il avait garé son scooter sophistiqué. Pour mes quarante ans, il m'avait offert l'affiche d'un film italien, *Amis pour la vie*, sur laquelle deux jeunes garçons chevauchaient le même scooter, une Vespa, ce modèle avec lequel nous avions renversé une vieille femme devant l'église Saint-Ambroise, un quart de siècle plus tôt. La vieille avait filé ses bas, elle s'était relevée et ne nous avait rien demandé. Antoine était plié en deux de rire ; quant à moi, l'imperméable déchiré, je m'étais montré de moins bonne humeur. Nous partagions, et nous le savions, un regard décalé sur la vie, qui constituait avant tout pour nous un excellent terrain de jeu et la scène d'un improbable théâtre. Cette conscience, il la manifestait en jouant, dans des pièces, des rôles qu'il remplissait de poésie ; pour ma part, je me contentais de raconter des histoires, sans trop croire à l'importance de toute cette affaire. Quand je suis arrivé près de lui, il lisait un livre de Richard Brautigan, qu'il referma avant de se lever pour m'embrasser. Bon sang, que j'aimais ce type ! Nous commandâmes une demi-Badoit et deux plats du jour. Je lui ai tout de suite raconté le meurtre de Clara et la poursuite au Bon Marché. C'était tellement incroyable que, d'abord, ça l'a fait rigoler. Il a longuement examiné le portrait-robot que j'avais sorti de ma poche.

— On dirait le ministre de l'Intérieur.

— Je ne pense pas que ce soit lui.

Puis il s'est inquiété pour moi.

— Tu veux venir dormir à la maison ? Tu t'installeras sur le canapé, Marine sera contente de te voir.

— Je n'ai pas envie de passer mon temps à faire du latin.

— Sans déconner, le bonhomme peut revenir.

— Trop dangereux pour lui : l'immeuble est sans doute surveillé par les flics. Ou du moins, c'est ce qu'il pense.

— Ouais… En tout cas, s'il t'arrive quoi que ce soit, si tu as un doute ou si tu flippes, tu m'appelles.

Antoine, dans ces cas-là, est extrêmement rassurant. Je ne me voyais pas en train de le déranger en pleine nuit, à la première ombre suspecte, mais bon, on ne sait jamais. Je lui racontai le film que j'avais vu la veille, *Dans un panier neuf*. C'était l'histoire d'une jeune femme qui tombait follement amoureuse de la meilleure amie de sa mère, laquelle entretenait une liaison passionnée avec son psychanalyste. Le père avait quitté tout ce petit monde depuis longtemps, on le comprenait. Une heure quarante sans la moindre trace d'humour. La façon dont je réglais son compte à ce pauvre navet amusa beaucoup Antoine. Au cinéma français, souvent décevant, nous préférions tous deux les solides films irlandais de Joe Comerford, les fresques violentes de Kitano ou les beaux délires poétiques d'Alex Van Warmerdam. Il prit un café, moi un thé, et je m'attardai sur la silhouette ravissante d'une jeune créature qui venait d'entrer. Par bonheur, nous n'avions pas les mêmes goûts en la matière, Antoine préférait les femmes aux formes affirmées, tandis que je restais scotché aux beautés longilignes des années 70. Il ne me parlait des femmes qu'avec une excessive pudeur, qui s'était encore accentuée depuis son mariage. À l'inverse, je n'hésitais pas à lui raconter mes improbables râteaux auprès d'adorables dont je ne pouvais me résoudre à admettre qu'elles fussent trop jeunes pour moi. Nous nous quittâmes sur une accolade rituelle en nous promettant de ne pas laisser passer trop de temps avant de nous revoir. Il insista pour être tenu au courant de mes démêlés avec la police et je l'ai regardé disparaître dans la circulation de la place. Tout en haut de sa colonne, le génie récemment redoré avait sérieusement envie de changer de pied.

L'entretien avec l'inspecteur Julien Croze eut lieu dans le bureau sinistre d'une antenne provisoire installée dans un immeuble moderne de la rue de Tolbiac. Croze avait le physique insignifiant d'un élève en école de commerce, et à peu près autant de charisme. Il avait la beauté fade des gravures de mode et toujours l'air de s'ennuyer un peu. Il me fit répéter mon témoignage.

— J'ai déjà tout dit à l'inspecteur Billard.

— Nous reprenons l'enquête depuis le début.

— Je suppose qu'elle a fait un rapport : lisez-le.

— Pourquoi vous ne voulez pas coopérer ? Vous aviez une relation particulière avec Clara Gerboise ?

— On était copains, sans plus. Bons voisins.

Le policier me regarda, je le déconcertais. Il me soutira encore quelques phrases laconiques avant de me laisser partir en me conseillant de rester vigilant. Hélène ne l'avait pas encore informé de l'épisode de la médaille miraculeuse. Je me demandais dans quelle mesure tous ces services de flics collaboraient vraiment. Le bus

62 était rempli d'étudiants et de ménagères de moins de cinquante ans. Une vieille se précipita sur un des rares sièges libres en brandissant sa carte d'invalide. Je restai debout au milieu, sur la plaque tournante qui relie les deux parties de ce double bus, encadré par les soufflets de caoutchouc noir. Malgré moi, je jetai un coup d'œil sur tous les passagers qui montaient. L'assassin pouvait aussi bien me suivre et attendre le moment propice pour me régler mon compte, sans s'affoler. Il marcherait vers moi d'un pas tranquille, comme Michel Constantin à la fin de *Dernier Domicile connu*, il me planterait un poinçon dans le cœur et s'éloignerait sans hâte tandis que, les mains agrippées à ma poitrine, je vivrais mes ultimes secondes dans ce monde de bruit et de fureur. Ce que j'avais pu être amoureux de Marlène Jobert ! J'avais même acheté le 33 tours de la bande originale du *Passager de la pluie*, la musique de Francis Lai me faisait vibrer d'une tendresse inassouvie et j'étais jaloux de Charles Bronson. Je descendis à l'arrêt Moulin-des-Prés. La Poste était comme d'habitude le théâtre d'un psychodrame ; deux porteurs de paquets en venaient aux mains devant la balance du préposé. Je me suis toujours demandé pourquoi l'envoi de courrier, de marchandises ou de cadeaux mettait les gens dans un tel état de fébrilité, au point qu'ils se révélaient incapables d'attendre plus d'un quart d'heure sans commencer à s'entretuer ou à invectiver les employés du bureau. Était-ce la

séparation forcée d'avec une enveloppe, un objet, un avis recommandé, qui les plongeait dans une telle angoisse ? Ou l'obligation de faire confiance aux services postaux pour acheminer le précieux message depuis le cachet qui fait foi jusqu'au caddy du facteur ? Devant le supermarché ED, une demi-douzaine de miséreux se disputaient le contenu de la poubelle. Juste en face, le meilleur ouvrier de France étalait dans sa vitrine chic ses délices hors de prix. J'entrai dans le tabac qui faisait l'angle et achetai un Millionnaire. En passant devant le pressing, je fis un sourire hypocrite à Zefira la Brésilienne au charme vénéneux qui m'avait ruiné deux pulls et un manteau, me décourageant à tout jamais d'aller lui porter le moindre bout de tissu. Je ralentis le pas en approchant de mon immeuble. J'examinai le trottoir d'en face, me retournai, inspectai les voitures en stationnement : rien d'anormal, rien de suspect. Le carrossier discutait avec une petite dame désolée dont la voiture avait été toute cabossée.

— Je ne vous promets rien… Je vais voir ce que je peux faire…

On pouvait déjà deviner un devis à quatre chiffres, « et encore, je vous fais une fleur ! ». Je composai le code. Je pouvais peut-être demander au syndic de le modifier, piètre protection. Dans le hall, je vis immédiatement une silhouette derrière la vitre de la seconde porte, penchée sur la serrure de chez Clara.

Lorsque j'entrai, la jeune femme se redressa. Elle pouvait avoir vingt-cinq ans et, malgré son inquiétude, dégageait un charme indéfinissable. Ses yeux mauves se fixèrent sur moi.

— Ma clef ne fonctionne pas très bien.

— L'appartement a déjà été reloué ?

— Qu'est-ce que... Non, j'ai toujours eu un double de chez Clara. On l'a fait faire chez le serrurier d'à côté, mais il grippe un peu.

— Vous êtes une amie de Clara ?

— Je suis sa sœur Lisa.

Clara m'avait parlé de sa grande sœur, étudiante en neurosciences, spécialiste de la perception des couleurs. Une tête.

— Vous savez...

— ... que ma sœur est morte ? Oui. La police est venue m'interroger ce matin.

Nous restâmes quelques secondes face à face, ne sachant que nous dire. Je remarquai la clef restée dans la serrure de la porte.

— Vous permettez ?

— Je vous en prie.

Je m'appliquai à faire tourner la petite clef.

— Les clefs trop neuves se bloquent parfois dans les serrures. Le mieux, dans ces cas-là, c'est de faire de tout petits mouvements de va-et-vient, ou même de bas en haut, voyez, comme ça...

Malheureusement, je n'arrivais à rien. Je tentai de retirer la clef, sans plus de succès. Lisa m'observait avec confiance et même un certain détachement. Je pris un air dégagé pour la questionner, sans cesser mes violents efforts.

— La police n'a pas mis de scellés ? Elle ne vous a pas interdit l'accès à l'appartement ?

— On ne m'a rien dit.

— Vous n'avez pas peur d'entrer chez elle ?

— Peur de quoi ?

De fait, Lisa paraissait plus fatiguée qu'effrayée. De toute évidence, elle n'avait pas dû beaucoup dormir la nuit précédente.

— Où en est l'enquête ? demandai-je en commençant à faire bouger toute la porte.

— Nulle part. On sait que c'est un homme qui l'a tuée.

— Oui, c'est moi qui l'ai vu.

— C'est vous ?

Lisa me fixait de ses grands yeux mauves. La serrure céda, la clef tourna, la porte s'ouvrit.

— Voilà, je vous laisse.

— Non, non... Entrez avec moi. Je n'ai pas envie de rester seule.

Je la suivis. Elle me troublait. Le trois-pièces était silencieux. Dans le séjour, la lutte désespérée de Clara avait laissé un effrayant désordre. Les fleurs éparpillées d'un vase brisé composaient sur le plancher un bouquet sinistre, au milieu d'une flaque d'eau que personne n'avait pris la peine d'essuyer. Un fauteuil renversé montrait ses dessous poussiéreux. Une étagère à moitié décrochée avait laissé filer ses livres de poche, et l'halogène, comme un arbre après la tempête, s'était coincé en oblique entre le mur et le canapé. La poudre noire de l'Identité judiciaire étalait un peu partout sa neige mortifère.

Le reste de l'appartement avait conservé son aspect habituel d'une bohême nonchalante, reliefs d'un petit déjeuner pris au lit, quelques vêtements douteux sur le dossier d'une chaise, un cahier encore ouvert sur une page arrachée, une serviette humide jetée sur un radiateur… Lisa aperçut la tache avant moi. C'était une petite tache curieusement ronde, à l'entrée de la cuisine, une tache qui avait foncé en séchant et qui présentait désormais une teinte brunâtre. Une tache de sang. Le sang de Clara. Nous demeurâmes immobiles, bouleversés, choqués. La mort de la jeune femme devenait concrète, concret aussi le danger qui planait sur moi.

— Comment était-il ? murmura Lisa.

— Qui ?

— L'assassin. L'homme que vous avez vu. Comment était-il ?

Pour la deuxième fois de la journée, je sortis de ma poche le portrait-robot. Lisa le déplia et le regarda à peine une seconde avant de me le rendre.

— Vous le connaissez ?

— Non, non…

Puis elle se secoua, pénétra dans la cuisine et attrapa une bouteille de gin encore à demi pleine.

— Vous en voulez ?

— Non, merci, je sors de table.

— Je ne vois pas le rapport.

Elle se servit un verre généreux qu'elle avala d'un trait.

— Et puis je ne le bois qu'avec du Schweppes.

— Vous connaissez Clara, je crois…

— Un peu. Je l'aimais bien.

— Est-ce que ma sœur vous avait dit quelque chose ?

— Deux inspecteurs de police m'ont déjà posé cette question, je leur ai dit non. Quelque chose à propos de quoi ?

— D'une inquiétude, d'un truc qui l'aurait préoccupée…

Lisa s'était immobilisée, comme si elle allait éclater en sanglots ou se mettre dans une colère folle. Mais elle se contenta de s'asseoir en examinant le salon chamboulé. Le verre vide tournait dans sa main. Je m'avançai dans le couloir, vers la chambre de Clara.

— Vous allez où ?

— Excusez-moi… Je n'ai rien à faire là, je vais vous laisser. Je suis trop curieux. C'est une déformation professionnelle.

— Vous êtes journaliste ?

— Non, seulement raconteur d'histoires.

— Les journalistes ne font pas autre chose.

— Il y en a quand même qui sont sérieux.

— Vous racontez des histoires policières ?

— Ça m'est arrivé.

De nouveau, je fixai la tache de sang par terre. Lisa posa le verre sur la table basse et se leva. Elle se mit à fouiller dans un meuble, puis sur les étagères.

— Vous cherchez quelque chose ?

— Je n'en sais rien… Ma sœur a peut-être laissé un… document…

— À son âge, on ne fait pas de testament.

La chanson de Gainsbourg me revint en mémoire avec ce fulgurant jeu de mots sur le test amant et le test amour. Lisa découvrit une liasse de billets de banque dans un coffret de DVD glissé entre deux livres. Elle ne savait pas quoi en faire.

— Gardez-les avant que les flics ne tombent dessus. Je suis sûr que c'est ce que Clara aurait voulu.

— Vous aviez parlé de moi ?

— Elle vous admirait beaucoup. Elle m'a raconté plusieurs fois cette expérience que vous aviez faite avec elle, avec des pastilles de différentes teintes.

— Ah oui, la discrimination des couleurs. Clara avait une excellente discrimination.

— Ça l'avait marquée. Vous travaillez près du Muséum d'histoire naturelle, non ?

— Oui, je fais de la recherche avec le professeur Vincenot. Neurosciences.

Ses yeux aussi revinrent à la tache de sang. Brun rouge.

— Clara ne vous a jamais parlé de nos parents ?

— Très peu. Ils n'habitent pas un château en province ?

— Dans la Nièvre. C'est joli, ennuyeux à mourir.

— Les deux vont souvent de pair.

— Mon père ?

— Non, je dis : les deux vont souvent de pair.

— Ah oui… Ah oui… C'est aussi très humide.

— Je crois me rappeler que votre père est médecin à Paris ?

— Oui… Il rentre tous les week-ends.

Elle avait l'air ailleurs, son regard s'était fixé, comme au hasard, sur une photo de Clara, enfant, dans un jardin d'été. Curieusement, la photo avait été découpée, on ne voyait que Clara, souriante ; les deux personnages autour, sans doute ses parents, étaient sectionnés à hauteur du buste. Lisa ne disait plus rien. Autant que je m'en aille. Je la saluai, lui rappelai que j'habitais au sixième et m'éclipsai. L'ascenseur s'ouvrit aussitôt, je n'ai pas pu m'empêcher d'avoir un coup au cœur. C'était seulement Mlle Basile, du quatrième. Tout l'immeuble savait désormais qu'un meurtre avait été commis la nuit précédente. Mlle Basile affichait une consternation de circonstance où perçait cependant une pointe d'excitation.

— Elle se prostituait.

— Ce n'est pas une bonne raison pour mourir si jeune.

— Non mais, tout de même, ça faisait du va-et-vient.

— C'est le cas de le dire.

Mlle Basile se pinça la lèvre pour ne pas rire.

— Passez donc prendre l'apéritif, un de ces soirs.

— Avec plaisir, mademoiselle.

Nous savions tous les deux que j'aurais du mal à trouver un moment. Elle aussi lorgna sur la porte fermée, entendit du bruit à l'intérieur, m'interrogea du regard puis, comme je lui souriais, haussa les épaules et sortit faire ses courses. Tout en montant vers mon dernier étage, j'envisageais l'éventualité d'être attendu par le tueur tout là-haut, sur mon palier. L'autre appartement de l'étage était occupé par un couple de lesbiennes dont la plus virile, Aliénor, était championne d'échecs. Nous en avions parlé un jour en attendant l'ascenseur, je l'avais invitée à faire une partie, elle m'avait considéré avec commisération avant d'accepter. J'avais installé soigneusement les pièces sur l'échiquier, je lui laissais les blancs, elle n'était pas venue s'asseoir en face de moi, elle était restée à la fenêtre en train de fumer un cigarillo. Je lui annonçais mes coups, elle me répondait de même, elle n'a pas une seule fois regardé la partie, elle m'a battu en vingt-sept coups. Encore prétendait-elle avoir commis une erreur d'inattention. En cas d'urgence, je pouvais toujours lui demander du secours, après tout ; question stratégie, c'était une pointure. Le problème restait l'occupation du palier lui-même. Le tueur pouvait pénétrer discrètement dans l'immeuble et se tenir en embuscade devant ma porte. Si l'une de mes voisines sortait, il n'avait qu'à descendre quelques marches moquettées pour se dissimuler entre le cinquième et le sixième. Si la jeune femme descendait à pied, il n'avait qu'à descendre lui aussi, plus vite, et sortir sans se faire remarquer. Si, au contraire, elle prenait l'ascenseur, il n'avait qu'à la laisser partir pour se remettre en observation devant chez moi. Je ne savais pas si mon immeuble était suffisamment surveillé pour empêcher toute tentative d'infiltration. L'assassin pouvait très facilement m'attaquer par derrière, en me laissant ouvrir la porte de la cabine – elle s'ouvrait vers la droite – puis en attendant que je me dirige vers la gauche, vers mon appartement. Durant ce bref laps de temps, il serait caché par la porte elle-même – laquelle, en se refermant sur la cabine, lui offrirait mon dos. Il n'aurait qu'à frapper, soit en m'assénant un coup violent sur la tête, soit en m'enfonçant un couteau à la hauteur du cœur. Pour m'achever, il tirerait de sa poche un lacet et m'étranglerait. Il attendrait une bonne minute pour être certain que le sang n'irriguerait plus mon cerveau. Il valait mieux, à tout prendre, avoir affaire à un professionnel plutôt que de rester paralysé ou handicapé à vie. Mais j'allais vendre chèrement ma peau. L'ascenseur ralentit comme d'habitude au niveau du cinquième, avant d'aborder le dernier étage. J'attendis que le rideau protecteur en métal gris se replie complètement et distinguai une ombre à travers la vitre opaque et verticale. Le meurtrier venait de commettre une erreur en restant trop près de la cabine. Je poussai la porte avec toute la violence dont j'étais capable. J'entendis un cri de douleur, une forme chuta sur le tapis. J'avais le temps de m'engouffrer dans la cage d'escalier pour, une fois de plus, échapper aux griffes du tueur. Un hurlement m'arrêta.

Je venais de faire éclater l'arcade sourcilière de ma voisine, la compagne d'Aliénor, une jolie petite métisse au museau de fouine qui se prénommait Justine et travaillait comme assistante d'une vétérinaire.

— Vous êtes complètement cinglé ! Qu'est-ce qui vous prend de pousser cette porte comme un fou ?

La pauvre pressait sa main sur son œil droit en me fixant de l'autre avec une colère justifiée.

— Je suis désolé, je...

Elle retira sa main et la vit pleine de sang.

— Je vous appelle un taxi, je vous conduis à Cochin.

Justine pénétra dans la cabine d'ascenseur et se regarda dans le miroir.

— Merde ! Il me faut des points de suture ! Mais qu'est-ce qui vous a pris ?

— J'ai... Je pensais à autre chose.

— Bon, alors emmenez-moi.

Je me suis serré contre elle et j'ai appuyé sur le bouton du rez-de-chaussée. Sa rage était palpable. J'essayais de ne pas la toucher en retirant mon téléphone portable de ma poche, mais j'ai effleuré sa poitrine. Elle pinça les lèvres.

— J'appelle un taxi.

Je n'avais pas de numéro de taxi enregistré dans mon portable, et je me rendis compte que je n'en connaissais aucun.

— Vous avez une compagnie préférée ?

— Je m'en fous. Dépêchez-vous, je commence à avoir mal.

— J'ai laissé les numéros chez moi.

— Vous êtes con !

— On va en trouver un dans la rue, ne vous inquiétez pas.

— Je ne m'inquiète pas, j'ai mal !

Au rez-de-chaussée, nous tombâmes sur M. Vannier, du quatrième, le voisin de palier de Mlle Basile, qui revenait du Monoprix et attendait l'ascenseur. C'était un chimiste en retraite, un homme d'une maigreur impressionnante et qui disparaissait presque entièrement derrière ses moustaches grises. Il ouvrit de grands yeux en nous voyant.

— Mademoiselle s'est blessée, je...

— Vous m'avez envoyé la porte dans la figure, espèce d'imbécile !

— Vous connaissez un numéro de taxi ?

Tout en me lançant un regard soupçonneux, M. Vannier sortit de son cabas un prospectus en carton, supposé nous renseigner sur les numéros utiles. En bas de la liste, après la police, les pompiers et le SAMU, il y avait un numéro de taxis. Je le composai, remerciai d'un geste M. Vannier et suivis Justine dans le hall. Un filet de sang lui coulait le long de la joue. Je n'avais pas de mouchoir. La porte de l'immeuble s'ouvrit sur Mlle Basile qui recula, effrayée.

— Il est revenu ?

— Qui ça ?

— Le meurtrier !

— Non, non, c'est... Je...

— M. Mellec a décidé d'assommer ses voisins.

— Mais non, pas du tout, voyons…

À l'autre bout du cellulaire, une voix me proposait d'appuyer sur la touche étoile. Mlle Basile ne souriait plus du tout. Elle se colla contre le mur pour nous laisser passer et se dépêcha vers l'escalier. Je donnai l'adresse à la standardiste de la compagnie de taxis.

——Dans cinq minutes, une Volkswagen Touran grise.

— Touran ? C'est comment ? Je n'y connais rien, en voitures.

Justine m'arracha mon portable des mains et répondit à ma place :

— C'est bon, c'est bon, nous attendons devant l'immeuble.

Elle me rendit mon appareil.

— Mon patron a une Touran.

Il y avait du sang sur mon portable, je n'avais rien pour l'essuyer. Du sang aussi jusque dans le cou de Justine. La jeune femme s'appuya contre le mur de l'immeuble.

— Ça va ?

— Je vous emmerde.

— Je suis vraiment désolé… Vous voulez que j'aille…

— Nulle part. Vous restez ici et vous m'accompagnez à l'hôpital, et puis vous disparaissez.

— Oui, bien sûr…

Les cinq minutes durèrent un siècle, puis nous nous installâmes à l'arrière du taxi. Le chauffeur fit la gueule quand je lui annonçai l'adresse ; c'était trop près. Mais Justine était blessée, il ne pouvait pas refuser la course. Il y avait une boîte de Kleenex posée sur la plage arrière, je la tendis à Justine.

— Vous avez du sang sur la joue, et sur le col.

Sans me remercier, elle prit une poignée de mouchoirs en papier et s'essuya. J'en profitai pour nettoyer mon portable. Au feu rouge de la rue de Tolbiac, je me souvins du ticket de Millionnaire que j'avais acheté au tabac. Je le sortis de ma poche, attrapai une pièce de monnaie et commençai à le gratter. Justine avait envie de me cracher à la gueule.

— Vous n'avez rien d'autre à foutre ?

— Pour l'instant, non.

Elle n'insista pas. Le chauffeur, une fois n'est pas coutume, la fermait. Je grattai le ticket, en commençant par la troisième case et par le bas, pour déjouer les stratégies de faux espoirs de la Française des Jeux. Rien dans la troisième, rien dans la deuxième. Dans la première case apparut une étoile. Je pensais enchaîner avec 2 €, 150 000 € ou 6 €, mais non, une deuxième étoile apparut. Je me rappelai ma deuxième étoile à Méribel, les balades à ski avec ma sœur, deux petits Bretons perdus dans la blancheur, les grosses chaussures en cuir et les fixations à ressort, les gants trop minces et les onglées. Je dévoilai un 4 € et grattai sans conviction le reste de la case. Une troisième étoile apparut. Malgré elle, Justine me regardait. Je levai les yeux.

— J'ai gagné.

— Salaud !

4

Sur les nerfs

Justine ne tenait pas à ce que je reste avec elle pendant que, assise une main sur l'œil entre une mamma noire et un jeune lycéen pâle et prostré, elle attendait l'hypothétique intervention d'un interne. Je n'y tenais pas non plus. Je quittai la salle d'attente des urgences, croisant un clochard ensanglanté, et décidai de rentrer chez moi à pied. En approchant des grilles de l'hôtel de Massa, j'en vis sortir un producteur de cinéma, à l'évidence plus doué pour hanter les couloirs des institutions que pour financer un film. Il me salua avec le grand sourire de quelqu'un qui ne m'embaucherait jamais. Il devait aussi être doué pour tirer les vers du nez, car je ne pus m'empêcher de lui raconter le crime de la rue Wurtz et ce qui s'était ensuivi. Il semblait émerveillé.

— Il faut que tu l'écrives ! Ce serait un scénario génial.

Son enthousiasme, réel ou simulé, était trop impressionnant pour que j'essaie de le tempérer en lui faisant part de mes angoisses. Avant d'écrire cette histoire, il fallait d'abord que je m'en sorte. Je pris la fuite, prétextant une séance de travail avec un metteur en scène. Il me demanda qui, je répondis « Top secret ! », il hocha la tête d'un air entendu. Rue Jean-Dolent, les murs de la Santé me parurent de mauvais augure. J'aurais préféré savoir l'assassin de l'autre côté. Un prisonnier m'apostropha, il m'appelait « l'écharpe orange ». Mais j'avais beau scruter les fenêtres grillagées sous les toits, je n'arrivais pas à savoir d'où il me parlait. Cette voix rauque empreinte d'un étrange accent, qui sortait des murs, me mettait mal à l'aise. C'est toujours dérangeant de savoir des hommes, fussent-ils de franches crapules, enfermés dans d'ignobles cellules, au cœur de la ville, à deux pas de nos plaisirs. En débouchant près du métro Glacière, je me suis remis à penser à la perspective d'être riche. J'ai sorti le ticket de Millionnaire de ma poche pour encore l'examiner, vérifier que je ne m'étais pas trompé et que les trois étoiles allaient me conduire droit à la fortune. Une indication en toutes petites lettres précisait que le gagnant participait à une émission de télévision au cours de laquelle lui serait décerné son lot, dont le montant pouvait aller de vingt-mille euros jusqu'à un million. Une somme importante qui en faisait rêver plus d'un et expliquait sans doute l'engouement du public pour tous ces jeux de hasard. Les gens grattaient là où ça les démangeait : leur misère. Quelle illusion aussi de penser que la fortune allait tout changer : quelques voyages et quelques bagnoles plus tard, ils retrouvaient les ornières de leur vie, rendues plus boueuses encore par la jalousie des voisins et la rancœur des frères et sœurs. Comme un gigantesque miroir de mes pensées moroses, un panneau publicitaire à défilement vertical, planté au début de ma rue, vantait les mérites d'un 4 × 4 de fabrication américaine particulièrement laid, dont le prix – reprise de l'ancien véhicule incluse – représentait quatre ans de SMIC. Il allait falloir sérieusement gratter. Mme Goncalves nettoyait la porte vitrée du 17. Gardienne de la barre d'immeubles en face du nôtre, elle faisait aussi le ménage dans notre cage d'escalier. Elle m'avait appris à dire bonjour en portugais, ce que je ne me privai pas de faire. Elle se retourna, la mine grave, et me parla de la jeune morte.

— C'est malheureux, tout de même !

Elle semblait au courant de tout, elle sortit même de la poche de son tablier le portrait-robot qui continuait à me terrifier. L'inspecteur Billard l'avait interrogée dans le cadre de l'enquête de proximité.

— Mais moi, j'ai rien vu, rien entendu. Le soir, je suis fatiguée, je vais me coucher. Et mon mari, c'est pareil.

— Je vous comprends, madame Goncalves, ça m'arrive aussi.

Elle rempocha le portrait-robot et baissa la voix.

— C'est vous qui avez appelé la police ?

— Il valait mieux, non ?

— Oh oui, oh oui.

Elle hocha gravement la tête.

— Un quartier si calme, on n'avait jamais eu de problème par ici !

J'évitai de lui rappeler que Jacques Mesrine, récemment promu icône du grand écran, avait été arrêté à l'autre bout de la rue. Je lui ai souhaité bon courage et me suis hâté jusqu'à mon immeuble. Même si je n'étais pour rien dans la mort de la pauvre Clara, je restais aux yeux de la gardienne celui par qui le scandale avait éclaté, puisque c'est moi qui avais prévenu les flics. La suite de mes cours de portugais semblait compromise.

J'appliquais ma clef magnétique sur le carré de plastique adéquat de la seconde porte du hall lorsqu'une main vint se poser légèrement sur mon épaule. Je sursautai, terrifié, et distinguai dans le reflet de la vitre une silhouette armée d'un marteau. Je me laissai glisser le long de la porte en me protégeant le visage du mieux que je le pouvais. L'inspecteur Hélène Billard me considérait avec curiosité. Vue d'en dessous, elle était encore plus jolie.

— Bonsoir, trouvai-je la force d'articuler.

Elle me tendit la main pour m'aider à me relever.

— Je suis venue vous rapporter votre marteau.

— C'est gentil. Je... Vous montez cinq minutes ?

— Deux minutes, pas plus.

Elle me suivit dans l'ascenseur. L'étrange baiser d'Hannah mis à part, cela faisait bien longtemps que je n'avais pas eu autant de succès avec une femme. Elle entra la première et se cala contre le miroir, le marteau à la main. Je m'installai en lui tournant le dos et appuyai sur le bouton 6. Le volet protecteur se déplia et nous commençâmes à monter. Je pouvais sentir le corps d'Hélène contre le mien, son souffle dans mon cou.

— Vous avez une rougeur dans le cou. Vous faites des allergies ?

— Je n'en sais rien... C'est peut-être cette histoire qui me contrarie. Je ne me sens pas en sécurité. Cette rencontre avec l'assassin m'a rendu nerveux, j'ai failli assommer ma voisine.

— Il faut vous calmer. Vous savez, on garde un œil sur le quartier. Et, mise à part votre voisine, il n'y a rien à signaler ?

— Peut-être.

Il fallait que je fasse durer le suspense pour la retenir plus de deux minutes. Deux heures auraient été bien. L'ascenseur freina à hauteur du cinquième.

— Je vais prévenir le syndic, je vous promets.

Nous débarquâmes au sixième. Je sortis mon trousseau de clefs, protégé par un étui en cuir noir orné d'un renard stylisé, cadeau de Mei-Tien, mon ex-femme. Elle accordait beaucoup d'importance à tout ce qui touchait à la maison. Aux dernières nouvelles, elle avait rencontré un homme accueillant. Je le lui souhaitais sincèrement.

— Cette fois, vous ne les avez pas laissées à l'intérieur, commenta laconiquement Hélène.

— Non, mais je sais que je peux compter sur votre radio du poumon.

Elle sourit. La porte de l'appartement d'en face s'ouvrit et Aliénor, la compagne de Justine, une brune costaude habillée en camionneur et le visage toujours triste, sortit comme une furie.

— Vous savez que j'ai envie d'appeler la police ? Justine vient de me téléphoner, vous l'avez sauvagement agressée, pauvre type ! Si ça se trouve, c'est vous qui avez assassiné la petite étudiante du rez-de-chaussée.

J'avais ouvert ma porte. J'ai échangé un regard avec Hélène, elle semblait plus curieuse ou même vaguement amusée qu'inquiète ou suspicieuse. Je la désignai à Aliénor.

— Ça tombe bien, je vous présente la police.

D'un coup, la colère de ma voisine tomba d'un cran. Elle détailla la policière, nota la courbe douce de la poitrine, les yeux vifs et les cheveux aux boucles blond vénitien.

— C'est vous qui vous occupez de l'enquête ?

— Plus vraiment, la brigade criminelle a pris le relais, mais rien ne m'interdit de rester vigilante.

— Vous pensez qu'il va remettre ça ?

— Tant qu'on ne saura pas pourquoi il a assassiné votre voisine Clara Gerboise, toutes les hypothèses restent envisageables.

— Vous n'êtes pas venue nous interroger, nota-t-elle, visiblement déçue.

— Non, c'est un collègue qui a fait une partie de l'enquête de proximité, celle qui vous concernait.

— Dommage.

Aliénor lança un regard appuyé, tout ça devenait embarrassant.

— Que Justine n'hésite pas à me donner des nouvelles, dis-je en faisant entrer Hélène chez moi.

Aliénor en resta sans voix, une sorte de colère blanche lui crispa le visage. Je refermai ma porte sur ce masque terrifiant.

Hélène ne voulait rien prendre, ni café, ni thé, ni jus de fruit, rien, merci. Elle posa mon marteau sur la table du séjour et me regarda : à moi de parler. Je lui racontai en quelques mots la visite de Lisa à l'appartement de sa sœur.

— Qu'est-ce qu'elle est venue foutre là ? J'avais pourtant prévenu la famille que personne ne devait entrer dans l'appartement jusqu'à nouvel ordre !

Ainsi Lisa m'avait-elle menti en prétendant n'avoir reçu aucune consigne des policiers. J'en fus un peu déçu.

— Elle était complètement affolée, le portrait-robot l'a terrifiée. Elle avait peut-être oublié quelque chose d'important chez sa sœur.

— C'est ce qu'elle vous a dit ?

— Non, pas du tout… En fait, je crois qu'elle cherchait plutôt un souvenir de Clara, un dernier message, une lettre. Elle était ravagée de chagrin.

— Vous avez une sœur, monsieur Mellec ?

— Oui... Question femmes, je ne suis pas mal entouré : j'ai une mère, une sœur, une fille. Et puis maintenant il y a vous.

— Je ne vois pas le rapport.

— De police. Le rapport de police.

Hélène hocha la tête, sans même faire l'effort de sourire. Je me trouvais encore plus maladroit qu'Aliénor qui, elle, s'était contentée de regarder.

— Imaginez que vous perdiez votre sœur dans des circonstances particulièrement atroces : comment réagiriez-vous ?

— Je préfère ne pas le savoir.

Le téléphone sonna.

— Vous permettez ? Depuis que vous m'avez confisqué mon répondeur, je n'ai plus le choix.

— Je vous en prie.

J'allai décrocher. C'était ma sœur Gisèle.

— Ça va, ma belle ? Nous étions justement en train de parler de ton éventuelle disparition.

— Je me suis engueulée avec maman.

— Rien de nouveau, donc ?

— Je crois que je suis amoureuse. Il est génial, il est fou de moi. Il est plombier.

— Ça commence bien.

— Il est marié, et sa femme est une conne hyper jalouse.

— Ça commence bien, mais ça finit mal. Fais ce que tu peux.

— De toute façon, je lui ai dit qu'il fallait qu'il fasse un choix.

— C'est ce que disent toutes les maîtresses d'hommes mariés.

— Et alors ?

— Ils ne quittent jamais leurs femmes. C'est une des grandes lois de la vie.

— Il n'y a pas d'exception ?

— Il y en a, mais c'est encore pire.

— Merci de m'avoir remonté le moral !

— Je ne peux pas te parler longtemps, je ne suis pas tout seul. Je te rappelle. Je t'embrasse fort. Bon courage. Et oublie ce que je t'ai dit.

Je raccrochai et me tournai vers la policière.

— Vous avez raison, si je perdais ma sœur, je serais complètement à côté de mes pompes. Je suppose que, dans ces cas-là, on cherche une raison, un sens à ce qui n'en a pas ?

— C'est ce qui rend la plupart des enquêtes compliquées : les interférences. L'affectif.

— Vous n'avez pas envie de changer d'affectif... je veux dire : d'affectation ?

— Si, j'aimerais m'occuper des jeux, des casinos...

— Vous voulez que je vous tire les cartes ?

— Décidément, vous avez toute votre panoplie. Puisque vous parlez de cartes, mettons-les sur table : je ne vous trouve pas désagréable, monsieur Mellec, mais vous n'êtes pas du tout mon genre.

— C'est parce que je suis en vacances. D'habitude, je suis grand, beau, costaud, très viril avec un regard de braise...

— Alors on attendra que vous ayez repris le travail.

Elle se dirigea vers la porte, je lui pris le bras.

— On pourrait se revoir en dehors de votre temps de service, dîner ensemble… Et puis n'oubliez pas que je suis en danger.

— Désolée, je ne fais pas d'heures supplémentaires. Je vais voir ce que je peux faire pour votre répondeur.

— C'est gentil, merci.

Elle claqua la porte derrière elle. Je n'avais rien à regretter, tout ce que j'avais pu faire pour la séduire, je l'avais fait. Je me précipitai sur l'annuaire des Pages jaunes, mais impossible de trouver la Française des Jeux. Sur Internet, je finis par dénicher le numéro d'une de leurs agences dans le 14e. Une voix sinistre m'expliqua que je devais passer les voir avec le billet gagnant pour remplir une fiche. Ensuite, on m'appellerait pour l'émission. J'ai pris note de leur adresse et j'ai raccroché.

La fin de l'après-midi passa vite. Je m'étais mis au piano, mais impossible de me concentrer, je n'arrivais même pas à déchiffrer ce ravissant petit prélude en *do* mineur de Jean-Sébastien Bach dont la basse régulière en noires m'apaisait tandis que le chant de la main droite venait développer de charmantes harmonies au déroulement à la fois inéluctable et inattendu, comme un bon scénario. Découragé, j'ai refermé le couvercle. Je me suis traîné jusqu'à mon frigo, rien ne me tentait, je n'avais pas faim. On frappa à ma porte. Hélène s'était-elle ravisée ? Méfiant, je questionnai sans ouvrir.

— Qu'est-ce que c'est ?

— C'est votre voisine, Mme Trupp.

Mince, la folle ! Il ne manquait plus qu'elle. Sa voix en papier de verre suffisait à me glacer. Sa première apparition remontait à mon installation dans l'appartement, près de dix ans plus tôt. Tous les meubles installés, l'ultime fourchette rangée dans son tiroir de cuisine, estimant que j'avais gagné un repos bien mérité, je m'étais mis au piano que le déménagement n'avait pas trop désaccordé. J'improvisais assez maladroitement sur *Tenor Madness* lorsque, au beau milieu de ma deuxième grille, des coups violents à ma porte m'avaient interrompu. On voulait se faire entendre. Sur le seuil, j'avais découvert une femme sans âge, aux longs cheveux pâles encadrant un visage d'une infinie tristesse, empaquetée dans une robe de chambre d'un rose cauchemardesque qui n'était pas sans rappeler un de mes pyjamas d'enfant. Sans même me dire bonjour, elle m'avait tenu ce langage :

— Mon premier compagnon était violoniste et premier prix de conservatoire. Il faisait des gammes toute la journée. Maintenant, il est mort, c'est tant pis pour lui, mais c'est tant mieux pour moi sur le plan phonique.

J'avais mis quelques secondes à comprendre ce qu'elle venait de me raconter.

— Vous voulez dire que mon piano vous dérange ?

C'était une traduction approximative mais à peu près fidèle au texte d'origine, suffisamment en tout cas pour ne pas éveiller de protestation chez mon interlocutrice. J'avais compris d'emblée, ce jour-là, que tout dialogue serait impossible avec cette créature.

— Je suis désolé, madame, mais il va falloir vous y habituer.

Je lui avais refermé la porte au nez. Durant les années suivantes, j'avais reconstitué par bribes son histoire, une sorte de légende qui courait dans l'immeuble. Cette femme un peu dérangée et qu'on avait toujours connue mère célibataire était un jour partie en voyage à l'autre bout du monde avec sa petite fille de sept ans. Elle était revenue toute seule, sans son enfant. Qu'était-il donc arrivé à la petite ? Mme Trupp l'avait-elle rendue à son père ? L'avait-elle vendue à des trafiquants ? L'avait-elle noyée comme on noie les chatons qu'on n'a pas pu donner ? Toutes les hypothèses avaient circulé dans l'immeuble, mais comme Mme Trupp ne parlait à personne, le mystère était resté entier. Après sa première intervention anti-musicale, elle n'osa plus paraître chez moi et, lorsque je la croisais dans la rue, arborant un parapluie qu'elle ne quittait jamais, elle gardait le regard fixe et lointain, comme si je n'existais pas. Que me voulait-elle donc aujourd'hui ? N'avais-je pas déjà eu mon lot de tracas ? Elle se tenait sur le seuil, égale à elle-même, monochrome rose monolithique et inquiétant, droite comme ces amers qui indiquent aux marins les côtes dangereuses. Elle attaqua bille en tête, sans un bonjour.

— Mon frère doit venir passer quelques jours de vacances à la maison. Croyez-vous que ce soit prudent ?

Pour sa santé mentale, sans doute pas, pensai-je.

— Vous faites allusion au meurtre de Clara Gerboise ?

— Ont-ils arrêté l'assassin ?

— Je n'en sais rien, je ne crois pas, mais ça ne devrait pas tarder, répondis-je en guise de vœu pieux.

— Il n'est pas question que mon frère courre le moindre danger. Est-ce que l'immeuble est surveillé ?

— Ils m'ont dit qu'ils faisaient des rondes.

— Des rondes ?

Je me demandais ce qu'elle imaginait, peut-être que les flics se baladaient dans le quartier en se tenant par la main et en chantant. Elle me terrifiait toujours autant, je voulais qu'elle arrête de parler et qu'elle retourne à l'étage en dessous, dans son appartement qui sentait la vieille. À tout prendre, elle aurait fait une morte bien plus plausible que la pauvre Clara.

— Des rondes…, répéta-t-elle. Tous les combien de temps ? Toutes les heures ?

— Justement, on ne peut pas savoir, ce sont des rondes surprises.

— Oui, bien sûr. On connaît la police. Mon frère n'aime pas la police. C'est un homme très sensible.

— À mon avis, madame Trupp, on aurait tort de s'inquiéter. Le meurtrier ne prendra pas le risque de revenir traîner par ici. D'autant qu'il existe un portrait-robot. Attendez…

J'allai chercher le document que j'avais récupéré à l'hôtel de police. Elle examina le visage patibulaire que la dessinatrice avait reconstitué d'après mon témoignage et me rendit la feuille.

— Il ressemble au ministre de l'Agriculture. On est sûr que c'est lui ?

— On n'est sûr de rien, madame Trupp. Maintenant, j'ai un peu de travail, si vous voulez bien m'excuser…

— Vous me ferez une photocopie ?

— Du portrait-robot ? Avec plaisir, je la mettrai dans votre boîte à lettres. Mais la police devrait vous en communiquer un. Mme Goncalves a déjà eu le sien.

— Mme Goncalves… Elle n'a pas vidé la poubelle des verres depuis plus de deux semaines.

— C'est qu'elle ne doit pas être complètement pleine.

— J'ai essayé ce matin d'y mettre une bouteille d'huile vide, c'est impossible, il n'y a que le goulot qui passait.

— Si je la vois, je lui en parlerai, je vous le promets. Bonne soirée, madame, et ne vous en faites pas trop.

— Ce n'est pas pour moi, c'est…

— … pour votre frère, je sais. Vous le saluerez de ma part.

Je refermai avec soulagement. J'étais injuste avec elle : en ces temps meurtriers, j'appréciais de la savoir tout près et de l'entendre claquer ses portes avec une vigueur qui m'avait toujours interrogé.

Je dînai rapidement, un bol de soupe biologique au potimarron, un bol de même contenance de compote de pommes biologiques avec deux petits biscuits à la châtaigne biologique, un carré de chocolat biologique. Après une vaisselle biologique, je m'installai devant mon ordinateur, répondis à la productrice que son projet de film sur les tortues m'intéressait, que j'étais prêt à la rencontrer dans les plus brefs délais, que j'avais toujours aimé les tortues, symbole de stabilité et de longévité, et que la tortue constituait un excellent sujet de documentaire susceptible de plaire au plus large public. J'évitai d'ajouter que j'en avais mangé une fois dans ma vie lors d'une visite à des amis réunionnais, et que j'en conservais un souvenir vaguement caoutchouteux, heureusement couvert par le parfum de la sauce à la vanille. Le gloussement caractéristique d'une arrivée sur Skype fut suivi de l'apparition du bandeau noir sur mon écran, avec la mention : « Sophie vous appelle ». Deux options : l'option verte pour lui répondre, l'option rouge pour l'envoyer paître. Je cliquai sur le petit rond vert. Une fenêtre de dialogue se déploya, bientôt envahie par le visage ingrat de Sophie. Cette femme était drôle et laide, je ne détestais pas lui faire l'amour, mais la simple vue de son visage au réveil suffisait à me déprimer. Elle avait néanmoins le bon goût d'habiter en Angleterre. J'avais déjà mis fin deux fois à notre liaison, la troisième fois serait la bonne. Mais pas ce soir. Je commençai à lui raconter les tragiques événements qui avaient endeuillé notre immeuble. Elle me couvrit de questions, toute cette histoire l'excitait, elle manifestait en même temps une inquiétude exagérée pour moi, ce qui ne manquait pas de m'irriter. Sophie m'énervait facilement, et j'avais fini par comprendre pourquoi : j'étais jaloux de la savoir amoureuse, tandis que je n'éprouvais pour elle qu'une vague tendresse mêlée à beaucoup de complicité. Jamais mon cœur n'avait battu plus vite au moment de la revoir, jamais je n'étais affligé à l'idée de la perdre ni attristé lorsque nous nous quittions après quelques jours de vie commune, à Paris ou de l'autre côté de la Manche. Les effluves de ce printemps chaud ranimaient en moi la nostalgie d'un amour qui m'aurait transporté d'un jour à l'autre dans la recherche éperdue de surprises à faire à mon aimée, de plaisirs inattendus, de charmes et de sortilèges, toutes sortes de scénarios bien plus intéressants à inventer que ceux que je bricolais pour la télévision française. Lassé par la sollicitude inépuisable de Sophie, je finis par lui expliquer qu'elle était beaucoup plus en danger toute seule dans sa maison de Reading, au cœur d'un pays qui avait vu naître un éventreur célèbre, que moi au dernier étage de mon immeuble rempli de voisins vigilants et curieux. Elle fixa longuement sa webcam, sans dire un mot, comme saisie par le doute. Parfois, la mauvaise communication transformait son visage dépourvu d'attrait en une mosaïque de petits carreaux multicolores du meilleur effet.

— Tu as envie que je meure ? finit-elle par demander.

— Je n'ai envie de rien, ma chérie, ni que tu meures…

— … ni que je vive, n'est-ce pas ? C'est pareil.

— Qu'est-ce qui est pareil ?

— Tu voudrais que je disparaisse.

— Mais non ! Et si je voulais vraiment que tu disparaisses, je n'aurais qu'à cliquer sur la petite icône rouge marquée « Raccrocher ». C'est ça, le virtuel.

— Je ne te comprends pas, Thierry. Je n'arrive pas à te cerner.

— Ne te fatigue pas. Je vais te laisser maintenant, dors bien, fais de beaux rêves, je t'embrasse.

— Bonne nuit, Thierry, répondit-elle d'une voix glaciale.

Son image disparut dans un clic de souris, engloutie par les photons de mon écran. Je me comportais comme un mufle avec elle, j'en étais bien conscient. Mais c'était devenu une sorte de règle du jeu entre nous deux, même si j'en étais navré et peu fier. Non, décidément, cette histoire ne pouvait pas durer. Incapable d'écrire quoi que ce fût, je suis allé faire un tour sur le site d'un journal quotidien pour apprendre que l'équipe de France de football était sur le point de disputer un match historique, que le président de la République, conscient de sa popularité, avait triplé le nombre de ses gardes du corps et qu'une top model était accusée d'avoir violemment frappé le portier d'un palace londonien. J'éteignis mon ordinateur et fis le silence. Tout doucement, je vins coller mon oreille à la porte d'entrée. Aucun bruit sur le palier. Ah, comme je me languissais d'un judas ! Mais je n'allais pas passer la nuit dans mon entrée. Je décidai de confectionner un piège destiné à la fois à effrayer le meurtrier s'il pénétrait chez moi par effraction au milieu de la nuit, et à me tirer du sommeil de façon à ce que je puisse appeler Hélène avant de me faire tuer, ne laissant pas ce nouveau crime impuni et vengeant du même coup la pauvre Clara. La porte ouvrait vers l'intérieur de l'appartement. Il me suffisait donc de disposer deux chaises l'une sur l'autre, dans un équilibre instable que le moindre choc détruirait. M. et Mme de Cagnes étaient devenus propriétaires de l'appartement du premier, celui que louait la belle Hannah, lorsque la mère de monsieur était morte de vieillesse, décidant, comme un dernier caprice, de quitter cette terre en plein été. C'était une nonagénaire que j'aimais bien, elle avait été enfileuse de perles chez un grand bijoutier parisien et m'avait beaucoup parlé de ce métier que la mondialisation avait rendu obsolète. Aussi, après son décès, avais-je demandé comme une faveur à ses enfants, désormais propriétaires des lieux, si je pouvais conserver d'elle un petit souvenir, quelque objet qui m'aurait rappelé le regard malicieux de cette vieille enfileuse. Très aimablement, M. et Mme de Cagnes m'avaient désigné un tas de bibelots dont ils ne savaient que faire, et j'avais choisi un bougeoir en cuivre agrémenté de son petit éteignoir. Installé sur la chaise supérieure, j'étais certain qu'en tombant il ferait un boucan d'enfer qui, ajouté à celui des deux sièges en bois, me réveillerait immanquablement. Je calai cette étrange structure, installation paranoïaque qui n'aurait pas déparé dans une galerie d'art contemporain, tout contre la porte, et partis me laver les dents. Quelques gouttes d'anti-nerveux Lesourd et j'étais prêt pour la nuit. Je me glissai sous la couette et posai près de moi mes trois livres du soir : philosophie, littérature et poésie. Je m'intéressais à cette époque à la philosophie chinoise et à l'insondable Lao-Tze. Je lus au verset 36 du fameux *Tao-Te King* :

Le souple vainc le dur,
Le faible vainc le fort

Je pouvais donc, à force de méditation, me montrer plus fort que le tueur. Seulement j'avais du mal à méditer : dès que je voulais faire le vide dans mon esprit, toutes sortes de pensées, sans doute attirées par cette grande place libre, arrivaient en foule pour me distraire et me ramener aux considérations les plus triviales de l'existence. J'avais beau me concentrer sur ma respiration, toucher mon palais avec la pointe de ma langue et fixer le sommet des montagnes lointaines (en l'occurrence les immeubles de la cité voisine), je finissais invariablement par faire défiler en boucle mon emploi du temps de la journée ou ma liste de courses à Monoprix. Je reposai le livre près de mon lit et empoignai *L'Homme sans qualité*. L'immeuble était silencieux. Ces journées de printemps encore froides fatiguaient les gens, qui sortaient peu et se couchaient tôt. Je saisissais mal la construction du roman de Musil, qui débutait sur un mouvement politique et se focalisait ensuite sur une relation étrange entre un frère et une sœur, une sœur très séduisante. Enfin, juste avant d'éteindre la lumière, j'appris par cœur quelques vers de Nerval :

Par mon amour et ma constance,
J'avais cru fléchir ta rigueur
Et le souffle de l'espérance
Avait pénétré dans mon cœur.

Avec un brin de masochisme, je savourai quelques secondes la tristesse d'être seul et de ne point avoir, comme le poète, de rigueur à fléchir et de beaux yeux indifférents à attendrir. Sauf ceux d'Hélène, peut-être. Étendant le bras, j'éteignis l'halogène et me pelotonnai dans les draps. Je me tenais allongé sur le dos, les deux mains agrippées à la couette d'où je ne laissais émerger que mes yeux. J'essayais de ressembler à Jean-Pierre Léaud dans *Baisers volés*, quand il attend et redoute à la fois la visite de la sublime Delphine Seyrig, la femme exquise de son patron. Un souffle de vent fit vibrer le panneau métallique de ma cheminée. Puis ce fut de nouveau le silence. Les cheveux blonds de Clara me conduisirent au sommeil.

Un fracas épouvantable me réveilla en sursaut. J'étais en train de rêver que je ratais un train qui stationnait trop loin de la gare ; j'avais beau marcher le plus vite possible, trébuchant sur les rails, il démarrait avant que je le rejoigne. Immédiatement, je compris ce qui arrivait : mon piège avait fonctionné, les chaises s'étaient renversées, ainsi que le petit bougeoir de la vieille enfileuse de perles. On avait pénétré chez moi. Sans allumer, j'attrapai mon téléphone et composai le numéro d'Hélène que, déjà, je connaissais par cœur. Je possède une étrange facilité à mémoriser les numéros de téléphone, comme une familiarité ancestrale avec les nombres. Devais-je rapprocher ce don du métier de mon père qui, durant toute sa carrière, s'était plongé dans les chiffres pour calculer les impôts de ses administrés ? Ou de la détermination d'une vie antérieure au cours de laquelle, tenancier d'un tripot ou scribe d'un pharaon, j'avais dû tenir les comptes avec exactitude ? Tout en appuyant sur les touches heureusement rétro-éclairées, je me demandais si le meurtrier était bien entré ou s'il avait battu en retraite, effrayé par le tintamarre. Hélène répondit dès la seconde sonnerie. Cette diablesse de femme ne dormait-elle jamais ?

— Hélène Billard…

— C'est moi, Thierry Mellec, de la rue Wurtz, articulai-je à voix basse.

Je m'attendais à tout instant à voir la porte de la chambre s'ouvrir brusquement et le visage terrible du tueur se pencher sur moi.

— Qu'est-ce qui vous arrive ?

— Quelqu'un vient d'entrer chez moi.

— Vous en êtes certain ?

— Certain. J'avais préparé un dispositif pour m'alerter. Il vient de fonctionner.

— J'arrive !

— Et si l'assassin me menace, qu'est-ce que…

Elle avait raccroché. J'éteignis mon combiné, le gardant à la main. Je me recroquevillai dans le coin du lit le plus éloigné de la porte et me plaçai un oreiller sur le ventre, ça amortirait peut-être le coup de couteau. Je me remémorais les objets disposés dans la pièce, rien ne pouvait me servir d'arme. Il y avait sur la cheminée une grosse bougie ronde, deux petits portraits pointillistes à l'encre réalisés par Compard (je les avais achetés à Gérard, du temps où il tenait sa galerie à Pont-Aven) et une pile de livres que je devais lire. Je ne pouvais pas descendre un type à coups de livres, en plus, c'est un type qui ne devait pas être réceptif à la littérature. Je pouvais lui balancer la bougie ronde à la figure, mais je n'avais droit qu'à un essai, et puis ça m'embêtait, elle m'avait été offerte par Ninon, une illustratrice de livres pour enfants, la dernière femme que j'avais vraiment aimée, Ninon aux cheveux si fins, aux yeux clairs et rieurs, avec qui j'avais fait preuve de tant de maladresse... En repensant à nos ébats, à son corps magnifique, à la façon sans appel dont elle m'avait éjecté de sa vie, je me sentis désespéré. Je n'aimerais plus jamais comme cela, alors autant mourir, autant offrir mon cou aux mains impitoyables de l'assassin, un mauvais moment à passer et plus jamais le souvenir de Ninon ne viendrait meurtrir mon cœur trop sensible. Je tendis l'oreille, il n'y avait plus un bruit. Je me glissai jusqu'au bout du lit, enjambai le pied de lit contre lequel je me cognais régulièrement et me retrouvai debout, à moitié nu, dans le noir. Un léger courant d'air sur mes mollets m'indiquait la direction de la cheminée. Une vague lueur filtrait de chaque côté du rideau rouge qu'une vieille couturière bretonne m'avait confectionné sur mesure. J'avançai d'un pas, faisant craquer le plancher. Aucune réaction derrière la porte. Un autre pas, je sentis le bras du fauteuil, un meuble qui m'avait accompagné dans tous mes logements parisiens, que j'avais fait entièrement refaire dans un tissu gris pâle du meilleur effet et qui avait conservé de certains ébats avec Isabelle une tache secrète qu'un coussin rouge dissimulait. J'y avais balancé mon peignoir. À tâtons, je l'attrapai et l'enfilai tout doucement. C'était un vêtement épais, bleu roi, extrêmement confortable, une folie que je m'étais offerte dans un fameux magasin du quartier de l'Opéra, spécialisé dans la confection britannique. J'en nouai la ceinture. Autant mourir dans la dignité. Une sirène de police se devinait déjà vers le boulevard, elle approchait. Hélène… Serait-elle assez rapide pour me sauver ? Une idée me vint : il y avait, entre la porte et moi, installée contre le mur, une commode à trois tiroirs dans laquelle, depuis le départ de Mei-Tien, je rangeais mes pull-overs. Elle était couverte d'un bric-à-brac et de la première moitié des œuvres complètes d'Émile Zola. Si je parvenais à la pousser très vite contre la porte de ma chambre, laquelle s'ouvrait vers moi, je la bloquerais et je serais en mesure de résister au tueur, tout au moins de l'empêcher d'entrer jusqu'à ce qu'Hélène intervienne. Je fis donc un pas de côté, assurai ma prise sur les deux montants du meuble, pris mon inspiration, me souvins des cours de tai-chi-chuan et, utilisant la respiration inversée, fis traverser en un temps record à la commode la moitié de la chambre. Elle alla heurter la porte avec un bruit sourd. Je m'arc-boutai dessus pour bloquer l'ouverture, mais personne n'essaya d'entrer jusqu'à ce que la voix d'Hélène résonnât dans la salle à manger.

— Vous êtes où ?

Sauvé, j'étais sauvé. Provisoirement.

5

La clef USB

Un instant plus tard, j'étais assis en face d'Hélène. J'avais fait de la tisane dans la théière aux nounours que m'avait offerte ma fille. De couleur jaune, elle présentait sur son couvercle deux petits ours en train de pique-niquer.

— C'est de la tisane contre le stress. Vous êtes sûre que vous ne préférez pas du café ?

— Non, ça ira très bien. Vous êtes d'un naturel angoissé ?

— Oui. J'ai eu une naissance difficile… Des forceps… Je suis sorti tout amoché du ventre de ma mère.

Du doigt, je lui montrai les deux creux qui marquaient mon front dégarni, deux courbes que les paysans de certaines régions surnomment « les cornes du Diable ».

— Ça ne rend pas très optimiste.

— Votre existence n'a pourtant pas l'air si pénible.

— Pénible, non. Seulement angoissante.

J'avais posé près de nos mugs fumants un pot de miel, du miel de fleurs de litchi que j'avais acheté au marché nocturne de Saint-Gildas-de-Rhuys, sur les conseils de mon vieil ami Philippe. Hélène s'en servit une cuillère qu'elle mit à fondre dans la tisane. Elle avait trouvé la porte de mon appartement fermée et s'était servie une fois encore de son bout de radio.

— Pourquoi vous n'avez pas fermé à double tour ?

— Je ne sais pas… Je range ma clef dans le cendrier, là, sur l'étagère, je ne la laisse jamais dans la serrure. Je n'ai pas eu l'idée d'aller la chercher pour verrouiller la porte.

— Mais vous avez eu l'idée de monter cet échafaudage abracadabrant ?

— Je suis probablement quelqu'un de paradoxal, inspecteur.

— Qui ne l'est pas ? soupira-t-elle. Il m'arrive de penser que le seul fait de rester en vie est un paradoxe.

— Vous devriez faire de la philosophie.

— J'en ai fait, j'ai même passé une licence. Comme votre petite voisine. C'est seulement après que j'ai passé le concours pour entrer dans la police.

— D'où vous est venue cette vocation ? Une rencontre avec Platon ?

— Non, la mort de mon jeune frère. Il a été renversé par un chauffard qui a pris la fuite. Il s'est avéré quelques mois plus tard que le conducteur était un diplomate, donc protégé par son immunité.

— Alors, pourquoi la police, puisqu'il est intouchable ?

— Parce que je sais qu'un jour on se retrouvera, lui et moi, et ce jour-là je serai prête, il ne s'en sortira pas comme la première fois.

— Vous me faites penser à Charles Bronson dans *Il était une fois dans l'Ouest*.

— Je me croyais plus féminine. Il semble que vous n'avez pas vraiment besoin de moi. Je ne vais pas m'attarder.

— Mais qu'est-ce qui a pu faire tomber la chaise ?

— Vous avez peut-être des rats ?

— Non. Quelques araignées seulement.

Hélène se leva et contempla le désordre de l'entrée. Elle ramassa le petit éteignoir en cuivre du bougeoir de Mme de Cagnes mère.

— Qu'est-ce que c'est que ce petit chapeau ?

— C'est pour éteindre les bougies. Ça va avec le gros bougeoir qui a roulé là-bas, près de la bibliothèque.

La policière fit tinter le métal d'un coup d'ongle.

— Drôle d'objet... Quand j'étais petite, des amis de mes parents en avaient toute une collection. J'adorais aller chez eux, je passais des heures à jouer avec tout ce bazar.

Elle posa l'éteignoir sur une étagère, juste devant *Les Frères Karamazov*. Quand elle ouvrit la porte, la lumière du palier était allumée et la cage d'ascenseur se trouvait à mon étage. J'échangeai un regard avec l'inspectrice. Elle me fit un petit geste de la main et s'avança, découvrant la dernière volée de marches, puis se pencha par-dessus la rampe : personne. Soudain, les basses exacerbées d'une musique de heavy metal nous arrivèrent de chez mes voisines. En même temps, se tournant vers moi, Hélène fronça les sourcils et se pencha sur ma porte. Elle s'accroupit et passa la main sur une marque assez profonde tout en bas du panneau.

— Ça vient d'être fait, ça, non ?

J'examinai à mon tour l'entaille qui ruinait le beau bleu du panneau, et acquiesçai.

— Alors ne cherchez pas plus loin, voilà ce qui vous a réveillé. Quelqu'un a donné un coup de pied assez violent dans votre porte, et toute votre belle installation s'est écroulée.

— Quelqu'un... quelqu'une, plutôt, vous ne croyez pas ?

Du regard, je désignai l'appartement voisin. Le guitariste avait mis la distorsion à fond et son chorus montait dans les aigus. Insupportable.

— J'imagine que vous allez avoir des relations difficiles avec vos deux voisines. On peut les comprendre.

— Oui... Et je ne me vois pas leur offrir des fleurs. Quoique... des chardons, peut-être ?

— En tout cas, ne recommencez pas à vous barricader comme ça. Enfermez-vous à double tour, laissez la clef dans la serrure, et ça devrait aller. Et puis vous avez vu : je ne suis pas loin.

— J'ai vu. J'ai apprécié. Je vous fais la bise ?

— Non.

Négligeant l'ascenseur pourtant tout prêt, Hélène s'est engouffrée dans la cage d'escalier. La minuterie s'éteignit, je rallumai, je n'eus même pas droit à un remerciement. Derrière la porte d'en face, le guitariste fou s'envolait, poussé par une rythmique déchaînée. Je rentrai chez moi. J'ai eu vite fait de ranger l'entrée, remettant les chaises à leur place et le bougeoir sur le grand plateau de go que m'avait offert Mei-Tien. Nous avions disputé quelques parties rendues étranges par notre connaissance très approximative des règles du jeu dont l'aspect minimal me fascinait : un pion blanc, un pion noir, et peu à peu se structurait l'espace, donnant la victoire à l'un ou à l'autre, après de spectaculaires retournements. Je débarrassai les mugs et ne résistai pas à la tentation dérisoire de placer mes lèvres là où Hélène avait posé les siennes. Après ce baiser désincarné, je me recouchai et m'endormis immédiatement. Le fantôme de Clara me laissa tranquille.

À 8 h 48, un chanteur français me réveilla. Il étalait des états d'âme sur de pauvres rimes et une musique inexistante, avec la voix d'un garçon bien élevé. Deux minutes plus tard, un journaliste me rendit ma bonne humeur en annonçant que le président de la République française s'était ridiculisé à l'étranger, cette fois en volant à la chancelière allemande un stylo à plume d'une certaine valeur. Le genre de larcin qui aurait valu deux mois ferme à un lascar de banlieue. Un verre d'eau, un kiwi, mon vieux survêtement, une écharpe et un bonnet, mes tennis fabriquées par une jeune esclave chinoise, j'avais décidé d'affronter la fraîcheur du matin. Je n'allais pas rester terré chez moi au prétexte qu'un tueur voulait ma peau. Et puis les musulmans ne disent-ils pas que notre dernière heure est fixée de toute éternité, et que rien ne pourra la changer ? Je sortis en emportant quelques emballages vides, avec toujours cette inquiétude au moment d'ouvrir ma porte. Je m'accroupis un instant pour revoir la marque laissée par la chaussure de ma voisine, je supposais que c'était Aliénor, la plus costaude et la plus vengeresse celle qui, accessoirement, portait les chaussures les plus lourdes. Belle énergie. Je descendis l'escalier à petites foulées souples sur le tapis à motifs persans. Si le tueur montait vers moi, je pouvais lui balancer mes emballages vides à la figure (une bouteille en plastique de lessive écologique fabriquée en Allemagne et une boîte ayant contenu des lingettes nettoyantes pour l'écran de mon ordinateur) et gagner ainsi les quelques secondes qui me permettraient de me mettre en sécurité. Mais aurais-je le temps de tourner la clef dans ma serrure ? Et si je hurlais, si j'appelais au secours, ma voisine Aliénor, celle qui me détestait au point d'abîmer ma porte, viendrait-elle me sauver ? À moins que mes cris n'eussent déjà mis en fuite mon agresseur. Odeur de café au quatrième étage, de tabac au second et musique au premier, l'immeuble s'éveillait. Chez Clara, bien sûr, le silence. Et le petit élancement au ventre, le chagrin de l'avoir perdue pour toujours. La peur et le chagrin. Qui a écrit que les deux se ressemblent ? C. S. Lewis, peut-être. *A Grief Observed*. Je l'avais lu en anglais. C'était la première phrase : « Personne ne m'avait dit à quel point le chagrin ressemble à la peur. » Lui avait perdu sa femme. Moi, j'avais perdu ma petite voisine que j'aimais bien. J'ouvris la porte de la courette et flanquai mes emballages dans la poubelle jaune. Des crétins y avaient aussi jeté leurs ordures ménagères. Je récupérai leur sac et le mis dans la poubelle verte. Ayant ainsi calmé ma conscience de consommateur occidental, je sortis, non sans avoir jeté un coup d'œil en arrière : le danger pouvait aussi venir de derrière le mur, auquel on avait accès par la cité voisine et qui était facile à escalader. Mais seuls remuaient les feuillages épineux du piraconta, agités par un tourbillon d'air froid.

À cette heure, la rue Wurtz était encore tranquille. Le clocher antoiniste essayait de faire éclater les nuages bas. Quelques voitures se hâtaient de rejoindre les embouteillages de la place d'Italie. Un coup d'œil alentour : ni flic, ni tueur. Je me dirigeai au petit trot vers le boulevard Blanqui. La pâtisserie du meilleur ouvrier de France dégageait des odeurs de froment et de chocolat. D'horribles sifflements sortaient de la carrosserie dont le patron discutait avec une cliente affligée devant la portière cabossée d'une vieille Twingo noire.

— Je vais voir ce que je peux faire.

Il avait mis au point une mimique particulièrement désolée, rien moins que rassurante. Je dus patienter au feu rouge. M. Charbut, le loueur de voitures, se rendait à sa boutique, tout bronzé sous son bonnet bleu. Il me reconnut et se mit à rigoler, je ne savais pas pourquoi mais je le faisais toujours rire. Il avait acheté mes romans historiques – et les avait lus –, avec une fidélité exemplaire. Il louait des automobiles usagées, qu'il achetait aux Domaines puis qu'il retapait. Il les nettoyait peu mais elles roulaient bien. Et on ne perdait pas de temps à traquer la moindre rayure au moment du rendu. Il proposait aussi des camionnettes taguées jusqu'au toit qui formaient de gros cubes de couleur le long des trottoirs. Il n'avait évidemment pas de parking et jouait au loto avec le passage des contractuelles. Je lui demandai d'où il arrivait pour avoir si bonne mine. Il m'expliqua qu'il avait fait une randonnée à cheval au Costa Rica, mais qu'il aurait aussi bien fait de passer ses vacances en Thiérache parce que tout était très organisé au Costa Rica, qu'il n'y avait rien de sauvage, que les paysages manquaient de grandeur et que les femmes n'étaient pas très belles. Je lui répondis que, dans ce cas, je ferais comme d'habitude. J'irais passer l'été en Bretagne, et il fallait d'ailleurs me mettre une voiture de côté.

Il eut ce même rire incrédule qui me désarçonnait et me dit qu'il n'y avait pas de problème. Le feu est passé au vert et j'ai traversé, passant sous le métro aérien puis longeant la façade du quotidien *Le Monde* avant d'obliquer à gauche dans la rue Gondinet. M. Travers, le bon boucher, ouvrait son magasin. Je lui adressai comme d'habitude un grand salut jovial. Il me regarda avec inquiétude ; une voiture, sur ma gauche, débouchait d'un parking souterrain et freina en catastrophe pour ne pas me renverser. Je sautai de côté, fis un nouveau signe à M. Travers pour lui montrer que tout allait bien – il avait l'air consterné –, et je franchis les grilles du square Legall. J'en faisais presque chaque matin le tour en courant, toujours dans le sens des aiguilles d'une montre, croisant la plupart des autres joggeurs qui avaient définitivement choisi le sens inverse. J'avais pu remarquer à quel point les sportifs des squares étaient psychorigides (je n'échappais pas moi-même à cette règle), effectuant jour après jour exactement le même itinéraire, tournant dans la même contre-allée, escaladant les mêmes marches et choisissant le même banc pour y faire les mêmes abdominaux. J'avais fini par donner des surnoms à tous ces coureurs, marcheurs et autres acharnés de l'exercice. Il y avait Cruella, une grande brune maquillée gothique qui courait avec la tête légèrement penchée sur la droite ; le Fou de Chaillot, un hurluberlu maigrissime portant, dès qu'il faisait moins de dix degrés, un protège-oreilles jaune vif ; Marie Sœur Berthier, une quinquagénaire modeste aux gestes empreints de componction ; Bruce Lee, un karateka fougueux et plutôt maladroit qui cachait dans les fourrés un bâton avec lequel il s'entraînait, et que je m'étais amusé à changer de place ; Robocop, un petit râblé tout ceinturé de plomb avec casque d'iPod sur le crâne ; et encore quelques autres, toujours les mêmes, engoncés dans des survêtements aux couleurs variées, parfois couverts d'un empilement d'écharpes et de chandails, le tout surmonté de bonnets ou de casquettes de baseball. Ce jour-là, je croisai seulement Cruella et un couple de vieux Chinois qui s'étiraient sous un petit préau. Un jardinier en uniforme vert finissait de balayer l'aire de jeu des enfants, un autre repoussait les feuilles mortes à l'aide d'une souffleuse qu'on pouvait entendre à l'autre bout du parc. Je fis un premier tour en passant à gauche du grand marronnier. Je jetai machinalement un coup d'œil vers le grand escalier qui descendait depuis le Mobilier national, gardé par ses deux gros chiens de pierre. Je vis seulement un père de famille emmenant sa petite fille à l'école. Dans un arbre, deux pigeons se mettaient une peignée, moqués par un corbeau ravi. Au bout de la grande ligne droite, je croisai de nouveau Cruella, je fis semblant de ne pas la remarquer. Une sonnerie de récréation retentit dans le collège voisin, bientôt suivie de cris et de galopades. Je contournai l'aire de jeux, trois lycéennes s'étaient assises sur le tourniquet et se laissaient dériver en fumant leurs cigarettes, alternant rires hystériques et jugements blasés. La seconde ligne droite avec le ruisseau glougloutant sur ma gauche, puis les parterres soigneusement ordonnés où pousseraient bientôt les premières roses. Le seul monument du square était une sorte d'obélisque construit en pierres meulières – « trouées comme des éponges », aurait dit le poète. Je passais de nouveau sous le marronnier quand, en haut des marches de la rue Berbier-du-Mets, je reconnus l'assassin. Il portait un grand manteau noir et, immobile, me suivait des yeux. En restant dans l'allée, je constituais une cible beaucoup trop facile, s'il lui avait pris la fantaisie d'utiliser une arme à feu, probablement équipée d'un réducteur de son. Et avec la souffleuse qui hurlait... Je me précipitai dans le bosquet sur ma droite au moment précis où le Fou de Chaillot, dont c'était la spécialité, en surgissait avec l'air déterminé de celui qui sait exactement où il va. Nous nous cognâmes, il pirouetta, faillit s'envoler puis reprit sa course avec la même implacable foulée. Je traversai le bouquet d'arbres, pris à droite dans la contre-allée, me retrouvai le long du ruisseau et quittai le square par la sortie de la rue des Cordelières. Je dépassai deux lycéens en retard qui couraient moins vite que moi et aperçus Julien qui ouvrait sa librairie. Pour une fois, il était à l'heure. Je me précipitai dans l'odeur rassurante des livres et de la cire à bois. Julien, qui ne s'étonnait jamais de rien, me salua et m'avertit tout de suite : les livres que j'avais commandés n'étaient pas encore arrivés, peut-être en fin de matinée.

— Je t'offre un café ?

Il avait l'habitude, une fois sa grille ouverte, de s'asseoir en terrasse au café d'en face jusqu'à ce que les premiers clients l'obligent à regagner son magasin.

— Je ne bois pas de café. De toute façon, je préfère rester ici un moment.

Il comprit alors que quelque chose n'allait pas.

— Qu'est-ce qui t'arrive ? T'es poursuivi par des admiratrices ?

Il aimait bien mes livres et m'avait constitué toute une clientèle dans le quartier, en majorité des femmes esseulées ravies de rencontrer un écrivain.

— Non : par un tueur.

Je le laissai rigoler avant de lui demander s'il était au courant pour l'assassinat de Clara Gerboise.

— C'est vrai que c'est dans ta rue qu'il y a eu un meurtre.

— Et même dans mon immeuble. Et j'ai même croisé l'assassin. Et il a même essayé de me tuer moi aussi. Et il était même encore là ce matin, dans le square.

— Tu déconnes ?

Je haussai les épaules et, dissimulé derrière un pilier, observai la rue : rien d'inquiétant, quelques lycéennes minaudant, un vieux faisant pisser sa chienne, un livreur déchargeant de la farine dans la boulangerie d'en face. Le meurtrier allait peut-être faire le tour par la rue Croulebarbe pour me coincer rue Wurtz. Je baissai les yeux : sur le meuble devant moi, au rayon polars, la couverture d'*Underworld USA* de James Ellroy, l'homme qui retournait l'histoire des États-Unis comme un gant de chirurgie tout poisseux de sang. C'est sûr, il y avait pire que ma situation, mais ce n'était pas une consolation. Ce fou dangereux allait-il enfin me lâcher ?

— Je peux utiliser ton téléphone ?

— Alors, tu es sérieux ?

— Pour le téléphone, oui.

— Pour l'assassin... Il était vraiment là ?

J'acquiesçai et me glissai derrière son comptoir pour attraper le combiné. Tout en composant le numéro d'Hélène, je regardais machinalement sur le présentoir de cartes postales une photo ancienne où des enfants en noir et blanc jouaient avec une caisse à roulettes dans une rue en pente de Montmartre. Tout avait disparu depuis, les enfants, la caisse à roulettes et ce Montmartre-là.

— Hélène Billard.

— C'est moi, Thierry Mellec. Il est revenu. Le tueur. Il était dans le square Legall ce matin.

— Vous êtes sûr ?

— Oui, à cette heure-ci, j'ai encore les idées claires et la vue à peu près bonne.

— Vous êtes où ? C'est quoi, ce numéro ?

— C'est celui de la librairie au coin du square, rue des Cordelières, qui s'appelle *La Dialectique sans peine*. Je me suis caché derrière des livres.

— C'est le boulot normal des écrivains, non ?

— Je reste là ou je rentre chez moi ? J'ai trois cents mètres à faire...

— Comment vous le sentez ?

— J'en sais rien.

— Bougez pas, je passe vous prendre.

Je raccrochai, rassuré et plutôt satisfait de revoir Hélène. Julien était en train d'ouvrir un carton, une livraison Hachette pleine de bouquins de classe.

— Au fond, voilà ce que je devrais écrire : un bon livre d'anglais, je me fais copain avec les recteurs d'académie et j'en vends trente mille à l'Éducation nationale.

— Copain avec un recteur d'académie, tu crois ?

Julien avait pris son air de vieux pirate et grattait sa barbe de trois jours. Je suis allé m'asseoir par terre, au fond du magasin, et je commençai à tout lui raconter. Plus je parlais, plus je revoyais le visage tendu de Lisa. Elle devait forcément savoir quelque chose.

— T'as remarqué que c'est toujours les filles qui s'en prennent plein la gueule ?

— Ouais...

Curieusement, c'est l'image d'Ophélie qui me vint à l'esprit, la pauvre Ophélie, la blanche Ophelia de Rimbaud, fantôme blanc sur le long fleuve noir. Et puis j'ai cru apercevoir Clara qui traversait le carrefour, mais c'était seulement une petite blonde qui lui ressemblait. Julien était passé derrière son comptoir et avait allumé son ordinateur.

— Qu'est-ce que tu vas faire ? Tu peux pas rester comme ça à attendre le retour du killer.

— Il va bien finir par se faire prendre.

— T'as pas envie de te tirer un peu, d'aller en province chez des potes ?

— J'en sais rien. J'ai l'impression qu'il faut que je reste là. C'est con, mais c'est comme si je pouvais pas laisser tomber Clara.

— En fait, t'es hyper courageux.

— Je crois pas, non. Je crève de trouille.

— Ce n'est pas parce que tu as peur que tu n'es pas courageux.

— Tu lis trop de bouquins, Julien, je comprends plus ce que tu dis.

Julien eut un sourire en coin, pour me faire comprendre qu'il ne me croyait pas. Il composa un numéro de téléphone et se lança dans une grande conversation avec un distributeur qui ne respectait jamais ses commandes. La difficulté des petites librairies.

J'attrapai un livre pour enfants, l'aventure d'un petit lapin qui perdait sa grand-mère, et je me mis à régresser tranquillement devant les dessins. J'eus tout juste le temps de finir l'histoire avant l'arrivée d'Hélène. Heureusement, elle n'avait pas allumé le gyrophare, elle gardait quand même un sens certain des civilités. Je félicitai Julien pour l'album des lapins, il me confirma que c'était une bonne illustratrice, et je grimpai à côté d'Hélène. Elle détailla ma tenue.

— Je sais ! marmonnai-je : le matin, c'est sport. L'après-midi, c'est décontracté. Et le soir, c'est smoking.

— Vous avez de la chance d'avoir une garde-robe. Moi le matin c'est jean et blouson, et l'après-midi c'est blouson et jean.

— Et le soir ?

— C'est blouson, jean et heures supplémentaires. Alors, le grand méchant loup a encore pointé son nez ?

— Vous trouvez que ça ressemble à un conte de fées ?

— Excusez-moi. On fait un tour du quartier pour voir s'il est encore dans le coin ?

Après un crochet par le boulevard Blanqui, nous tournâmes dans la rue de la Glacière, puis à droite dans la rue du Champ-de-l'Alouette. Nous rejoignîmes le boulevard Arago par la rue Corvisard. Assis dans cette voiture de flic banalisée, je me sentais en sécurité à côté de la calme Hélène. Au-dessus de moi, je voyais le pare-soleil avec marqué « POLICE », soigneusement replié, et devant moi la radio diffusait régulièrement d'incompréhensibles alertes. Nous revînmes chez moi par la rue Pascal et la rue Vulpian, sans revoir le tueur. Hélène me déposa devant mon immeuble.

— Qu'est-ce qu'on fait ?

— Vous montez boire un café ?

— Pas cette fois-ci, monsieur Mellec, pas cette fois-ci.

— Vous me croyez, au moins ?

— Bien sûr, je vous crois. Et je préfère que vous me dérangiez pour rien, plutôt que l'inverse.

— C'est quoi, l'inverse ?

— Ce que je veux éviter. Il y a quelque chose de bizarre, dans cette histoire. On n'a rien volé, chez votre malheureuse voisine. Vous pensez qu'elle pouvait faire chanter quelqu'un ?

— Elle faisait payer ses caresses, je pense que cela lui suffisait. Clara était une philosophe, elle n'avait pas de gros besoins. Je ne la vois pas entrer dans un système de chantage, même si elle recevait des hommes mariés.

— Pourtant on l'a bien tuée pour une raison précise.

— Un maniaque ? Un pervers ?

— Oui, peut-être... Prenez soin de vous, monsieur Mellec.

Elle me fit un petit signe de la main et démarra pour s'arrêter au feu rouge, au bout de la rue Wurtz. J'avais oublié de lui demander des nouvelles de mon répondeur. J'entrai dans l'immeuble et croisai Mme Mounak, du deuxième étage, qui sortait son petit-fils dans une poussette. Elle était encore toute bronzée d'un récent séjour au bord de la mer Rouge. Depuis la mort de son mari, terrassé par l'amiante de ses bureaux d'étude, elle parcourait le monde et, entre deux voyages, s'occupait activement de ses petits-enfants qu'elle adorait. Elle avait toujours, aux lèvres, le sourire et la cigarette.

— Quelle histoire, hein, cette pauvre petite !

— Oui, c'est moche.

— Il paraît que vous avez vu l'assassin.

— C'est surtout lui qui m'a vu : depuis, il me court après.

— Non ?!

— Mais ne vous inquiétez pas, la police veille.

— Si vous croyez que ça me rassure !

Mme Mounak était une femme de gauche, avec des opinions un peu libertaires. Elle prit une cigarette dans un paquet de Gold Leaf et sortit, la poussette en avant. La porte claqua derrière elle. J'ouvris ma boîte aux lettres : une invitation d'Arte pour un téléfilm sur la vie sexuelle des acariens, une carte postale de ma sœur partie en goguette au bord de la mer avec son plombier, et le dernier exemplaire de *La Décroissance*, magazine auquel j'étais abonné et qui, comme son nom l'indique, n'avait rien de luxueux. Leur slogan m'amusait : « Abonnez-vous ou la planète va mourir. » Le journal, plus grand qu'une lettre ordinaire, occupait toute la surface de la boîte à lettres et, dans le geste que je fis pour l'attraper, il accrocha un petit objet noir qui avait glissé tout au fond. C'était une clef USB d'un type tout à fait commun, analogue à celles que j'utilisais avec mon propre ordinateur. Depuis quand était-elle là ? Qui l'avait déposée dans ma boîte ? M'était-elle destinée ou quelqu'un l'avait-il trouvée par terre dans le hall et l'avait-il mise, au hasard, à mon nom ? Curieux... Je pris l'ascenseur en tournant et retournant l'objet dans ma main. Incroyable, tout ce que cela pouvait contenir. Je me rappelai mon premier petit Mac

Plus avec la disquette qu'il fallait insérer pour lancer le programme et la bombe sur l'écran qui venait ruiner des heures de travail. Personne sur mon palier – tant mieux, je n'avais pas envie de croiser la folle Aliénor qui donnait des coups de pied dans ma porte. Ma porte, justement, était entrouverte. Je la poussai doucement.

— Il y a quelqu'un ?

Pas de réponse, aucun bruit. Je fis un pas dans l'appartement : personne dans le petit couloir, personne dans le dressing. Collé à la bibliothèque, je jetai un coup d'œil dans mon bureau, vide lui aussi. Mais dans un désordre invraisemblable. On avait fait subir le même traitement à ma chambre, à la salle de bain et à la cuisine. Je trébuchai sur une fourchette avant de relever une chaise pour m'y laisser tomber, accablé. Et puis soudain, je regardai la petite clef informatique que je tenais dans la main : cette clef n'aurait-elle pas dû se trouver là, dans un de mes tiroirs ? N'était-ce pas elle, précisément, que le cambrioleur – que j'identifiai immédiatement au tueur – était venu chercher ?

Mon ordinateur n'avait pas souffert et, bien qu'il surnageât comme un vaisseau fantôme sur le fatras indescriptible de mon bureau, il fit entendre lorsque je l'allumai le même accord rassurant qui annonçait l'apparition de la petite icône MAC-OS. Bientôt surgit mon fond d'écran, une grande vague bleu azur, un magnifique cliché que m'avait envoyé Flora, la photographe de

Riec-sur-Belon qui servait aussi de baby-sitter à Gérard et Valérie pour garder leur petit Mathieu. Elle s'était violemment éprise de moi, par mails interposés. Nous avions fini par nous retrouver en Bretagne, sur le port de Doëlan. Nous nous étions embrassés au bord de l'eau, devant l'entrée de la passe, avant de nous rendre compte que nous n'étions pas amoureux. Elle était repartie dans sa maison à loyer modéré et m'en avait toujours voulu pour cette histoire ratée. J'avais conservé sa vague, cadeau des temps de chaleur. Au moment de glisser la clef USB dans la petite fente à l'arrière de mon clavier, j'eus une hésitation : elle pouvait contenir un virus destructeur qui aurait mis ma machine hors d'état de fonctionner, effaçant mes données, mes histoires, mes archives et mes projets. Pas une grande perte. J'enfonçai la clef et aperçus aussitôt sur mon écran l'icône la représentant, une icône nommée « Clara ». J'en restai interdit : ainsi, c'était ma chère et disparue voisine qui avait glissé cette clef dans ma boîte, sans doute le jour même de sa mort. Pour une raison ou pour une autre, elle devait se savoir en danger et souhaitait la mettre en sécurité. Je supposai qu'elle voulait m'en parler au bon moment, mais que son assassinat l'en avait empêchée. Il y avait sans doute des explications sur la clef elle-même. Je cliquai deux fois dessus, une fenêtre de dialogue apparut, me demandant un mot de passe. Dans les films d'espionnage, le héros se souvient alors du nom de la chienne du méchant, ou de son musicien baroque préféré (ils se sont croisés à un concert très chic au début du film), et il parvient donc à ouvrir le dossier secret, évitant une troisième guerre mondiale ou la diffusion à large échelle d'une bactérie mortelle. J'étais moins malin ; je tapai « CLARA », puis appuyai sur la touche *return*. Une fenêtre de dialogue m'annonça que ce n'était pas le bon mot de passe et me conseillait de réessayer. Après avoir successivement tenté « WURTZ », « PLATON », « ARISTOTE », « DESCARTES » et « HEGEL » sans plus de succès, je renonçai. Je retirais avec précaution la clef de mon ordinateur quand la sonnerie du téléphone me fit sursauter. Traversant le capharnaüm qu'était devenu mon appartement, j'allai décrocher. C'était Marie-Luce.

— Comment ça va, mon chéri ?

— Comme un cambriolé.

Je lui résumai les événements récents.

— Il faut que tu appelles la police.

— Je ne fais que ça, je passe mon temps à appeler la police, et chaque fois ma situation empire.

— Tu veux que je vienne t'aider à ranger ?

— Non, tu es adorable, ça va aller. J'ai juste rendez-vous cet après-midi avec ma psy, j'aurai le temps de tout remettre en ordre.

— Qu'est-ce qu'on t'a volé ?

— Rien, a priori. C'est ça qui me terrorise le plus.

— Je te comprends. Et puis je ne peux même pas t'inviter à venir dormir à la maison, la chambre d'ami, au sous-sol, a été inondée par la source.

— Je peux mettre un gilet de sauvetage, un masque et un tuba.

— Tu dormiras mal quand même !

— Est-ce que tu connais une pointure en informatique ?

— Oui, mon frère Jean-Philippe.

— Évidemment, je n'y pensais même pas. Tu peux me donner son numéro ? J'ai un service à lui demander.

— Je te l'envoie par SMS.

— Génial ! Dis à ta fille que, la prochaine fois que je viens, je lui règle son compte au bowling sur la Wii.

— D'accord, mon chéri. Bon courage et appelle-moi si tu as le cafard.

— Et toi, il serait temps que tu te mettes à écrire autre chose que des horoscopes pour Télé Journal.

— Je ne sais faire que ça.

— Menteuse ! Je t'embrasse, je t'adore, et la bise à Florent.

Remonté par la voix énergique de Marie-Luce, je me suis lancé dans le rangement de l'appartement. Sur le coup de midi, tout était à peu près rentré dans l'ordre, j'avais reçu le numéro de Jean-Philippe, le frère de Marie-Luce, informaticien de génie, j'avais pris une douche et je me rappelai accessoirement que j'étais potentiellement millionnaire.

Je m'étais allongé pour téléphoner. Devant moi, dans l'immeuble d'en face, une jeune femme brune se disputait avec son mari. Elle avait pris son bébé dans ses bras, comme pour le protéger de la colère de l'homme qui marchait de long en large dans la pièce en levant les bras au ciel. C'était le genre de scène qui ne m'encourageait pas à m'engager dans une vie de couple, même si j'envisageais peu d'avoir un autre enfant. Jean-Philippe répondit à la deuxième sonnerie.

— Ouais ?

— C'est Thierry Mellec. Je te dérange ?

— Dis toujours.

— Il faudrait que je te voie.

— Pas de problème. Tu veux venir quand ?

— Ce soir ?

— OK. Tu apportes une bouteille de bourgogne ? Je m'occupe des pizzas.

— T'es toujours chez Hut ?

— Non, maintenant je les commande chez Allô Pizza, leur pâte au fromage est meilleure.

— C'est super. Quand est-ce que tu fais un article dans *Pariscope* ?

— Je te laisse, je suis en train d'entrer dans le système informatique d'un grand magasin, j'ai pas le droit à l'erreur.

— Bon courage. Et si tu vois des pulls en solde, avertis-moi.

— Pas de souci. À ce soir.

Je raccrochai. En face, l'homme s'était laissé tomber dans un fauteuil où il demeurait immobile, prostré. La femme avait ouvert son chemisier pour allaiter l'enfant. Le calme après la tempête. Jusqu'à quand ? J'allais reposer le téléphone sans fil lorsqu'il sonna. C'était ma fille. Elle était malheureuse.

— Papa, je suis malheureuse, je n'arrive pas à oublier Mario.

Mario était un crétin absolu, champion de moto et séducteur compulsif. Tombeur, entre autres, de ma fille Chloé.

— Enfin, Chloé, tu sais bien pourtant que c'est un imbécile. Cette rupture est ce qui pouvait t'arriver de mieux.

— Je sais, papa, mais je n'arrête pas de penser à lui. Hier, une moto est passée devant moi, j'ai cru que c'était lui, je me suis mise à pleurer.

— Ça ne va pas, ça, avec le nombre de motos qui passent sans arrêt, tu ne vas pas arrêter de sangloter !

Elle eut un petit rire triste.

— Qu'est-ce que je peux faire pour toi, en attendant que tu en trouves un autre ?

— Tu m'invites à prendre le thé ?

— Pas chez moi, c'est trop dangereux.

Chloé s'est mise à rire.

— Je viens avec un revolver.

— Je rigole pas, Chloé, ma voisine du rez-de-chaussée a été assassinée et le tueur me harcèle.

— Tu déconnes ?

— On se voit au Petit Suisse à 17 heures ? Je te raconterai.

— D'accord. Je t'embrasse fort. Je t'aime, mon petit papa.

Quand elle me parlait ainsi, Chloé me mettait le cœur à l'envers.

6

Algorithme

D'un air morose, l'employée de la Française des jeux vérifia le ticket que lui présentait l'Antillais. L'Antillais était habillé tristement, tout en gris. L'employée portait un foulard vert pomme et un pull rouge, mais elle avait l'air encore plus triste. Elle tira de son tiroir-caisse un billet de cinq cents euros.

— Voilà, cinq cents.

— Ah non... Vous n'avez pas des billets de cinquante ?

— Je peux vous donner cinq billets de cent.

— Vous n'avez pas des billets de cinquante ?

L'employée le regarda, elle était visiblement à bout. Je la comprenais : voir passer des gagnants toute la journée quand elle avait un boulot de looser, coincée derrière son guichet à essayer d'écouler ses billets de cinq cents euros dont personne ne voulait, pas même les banques. Elle finit par sortir les dix billets de cinquante d'une liasse attachée avec un plastique noir et vert. L'Antillais les rangea soigneusement dans son portefeuille, remercia et s'en alla. Le petit local était rempli de réclames pour les nouveaux jeux de hasard sortis des cerveaux fertiles de la société, de façon à faire payer aux contribuables un impôt supplémentaire, attrayant et sans douleur. Il y avait aussi deux petites tables avec un stylo attaché à une chaîne et des bulletins de Loto, de Loto sportif, d'Euromillion et de Keno. Je me plantai devant l'employée qui semblait fascinée par le clignotement du néon au plafond. Elle baissa les yeux sur moi.

— Je vous ai appelée hier.

— Oui, et alors ?

— J'ai gagné.

— Tous les gens qui viennent me voir ont gagné.

— Et ça vous énerve ?

— Non, pourquoi ?

— Parce que vous avez l'air énervée.

— Vous avez gagné combien ?

— Je n'en sais rien. J'ai trois étoiles.

J'exhibai mon carton de Millionnaire, elle regarda le ticket, me regarda, revint au ticket et tendit la main.

— Je peux vérifier ?

— Vous me le rendez !

Elle eut un tic nerveux, prit mon ticket et le passa dans une machine à codes barres. Une petite musique retentit.

— Bon… Il va falloir que vous remplissiez une fiche. Vous avez une pièce d'identité ?

Cette fois, je m'abstins de dire quoi ce fût. Je lui donnai ma carte nationale d'identité en échange de quoi elle me tendit une fiche que j'allai compléter sur une des tables. J'avais presque fini quand un joueur s'installa juste à côté de moi pour remplir une grille de Loto. Il me jeta un regard en coin.

— Vous avez gagné, vous.

— J'ai eu trois étoiles, oui.

— Vous allez passer à la télé !

— Ce n'est pas ce qui m'amuse le plus.

Il ouvrit de grands yeux étonnés.

— Faire tourner une roue entre deux publicités, ça n'a rien de glorieux, vous ne trouvez pas ?

— Vous ne vous rendez pas compte de votre chance.

À ce moment-là, j'aurais dû penser à la vieille histoire taoïste sur « Qu'est-ce qui est un bonheur ? Qu'est-ce qui est un malheur ? », mais je me demandai seulement comment j'allais m'habiller. Je retournai au guichet pour rendre ma fiche. L'employée vérifia qu'elle était bien complète et la glissa dans une enveloppe.

— C'est tout ?

— On vous appellera.

— Arrêtez, j'ai l'impression que c'est un entretien d'embauche.

— Pourtant on vous appellera.

Le type qui avait rempli sa grille de Loto s'approcha.

— Pour l'émission. Ils vont vous convoquer. Ils vont vous dire quand venir à la télé.

— Je n'ai pas de répondeur en ce moment. J'espère qu'ils appelleront quand je serai là.

— Ne vous inquiétez pas, monsieur Mellec, dit l'employée qui avait lu mon nom sur la fiche. Ils insisteront, jusqu'à ce qu'ils vous trouvent.

J'espérais que le tueur n'aurait pas la même ténacité.

Comme d'habitude, Chloé était en retard. Elle s'excusa par SMS, quelques petits mots sur le cadran de mon téléphone portable. J'avais beau m'efforcer de traîner pour la faire attendre, j'arrivais toujours le premier. Le café était bondé. Le soleil éclatant de ce printemps précoce avait attiré la clientèle en terrasse, il restait une seule table de libre, juste en bordure du trottoir. En attendant ma fille, je regardais les grilles du Luxembourg et, derrière, les arbres déjà bien verts. Sur ma droite, à l'arrière du théâtre de l'Odéon, des machinistes déchargeaient un semi-remorque de décors. Je me rappelai *L'Illusion comique* et Gérard Desarthe, impressionnant dans son grand manteau de pourpre, concluant la pièce :

Servir les gens d'honneur est mon plus cher désir.
J'ai pris ma récompense en vous faisant plaisir.
Adieu. Je suis content, puisque je vous vois l'être.

En face de moi, un fier joggeur passa derrière les barreaux verts. À la table voisine, deux intellectuelles de retour d'âge parlaient de leurs vacances en Grèce, petite île ravissante, mer transparente, les vieux pêcheurs et le poisson grillé (comme s'il restait encore du poisson en Grèce), les balades à vélo et, tu ne devineras jamais, deux maisons plus loin, il y avait PPDA tenant par la main une jeunesse qui le regardait avec dévotion, c'était à mourir de rire ! Heureusement, Chloé arriva avant qu'elles n'abordent les problèmes de fiabilité de la compagnie Olympic Airways. Ma fille se débarrassa de ses écouteurs, posa son portable sur la table, me sourit, m'embrassa et s'assit en face de moi. Elle avait très soif et commanda aussitôt une eau pétillante, les glaçons et la tranche de citron qui vont avec.

— Qu'est-ce que c'est que cette histoire d'assassinat ?

— Tu peux capter Internet avec ton engin perfectionné ?

— Pas de souci.

— Je t'en supplie, ne dis pas « pas de souci », c'est insupportable, j'entends ça deux cents fois par jour.

— Pas de souci !

— Très amusant. Regarde si cette affaire n'apparaît pas dans les news.

Chloé procéda à quelques savantes et minuscules manipulations avant d'ouvrir de grands yeux.

— Ouais, c'est dingue, ils parlent d'un meurtre dans le 13e. Une étudiante !

— Eh bien ça s'est passé dans mon immeuble. Et j'ai même vu l'assassin.

— Non ?!

Au moment précis où, avec une mimique très exagérée d'étonnement (bouche arrondie, yeux écarquillées, sourcils relevés jusqu'à la racine des cheveux), Chloé criait ce *non* qui fit se retourner mes voisines germanopratines, je crus voir la silhouette du tueur de l'autre côté de la rue Médicis, immobile près d'un arbre, nous observant fixement. Un bus passa, l'arrachant à mon regard. Il avait disparu. Avais-je eu une hallucination ?

— Papa, tu m'écoutes ?

— Bien sûr, chérie.

— Qu'est-ce que je viens de dire ?

— Heu... Tu es surprise...

— Tu vois, tu ne m'as pas écoutée : je te disais que tu devrais déménager.

— Oui, j'y ai pensé. Surtout qu'on m'a cambriolé.

— Tu as prévenu la police ?

— Oui, oui, j'ai prévenu la police. Elle est d'ailleurs charmante.

— Qui ça, la police ?

— L'inspectrice qui s'occupe de cette affaire.

— Est-ce qu'elle est efficace, au moins ? Je n'ai pas envie que tu te fasses tuer !

— Merci, chérie. Moi non plus.

Je résumai brièvement à ma fille les récents et tragiques évènements qui avaient endeuillé mon immeuble, jusqu'à la découverte de la clef USB. Elle parut préoccupée.

— Ce type te lâchera jamais !

— J'espère bien qu'Hélène le coincera.

— Hélène… Tu l'appelles Hélène. Oh ! Oh !

— Ça va, je vais pas l'appeler Léontine si elle s'appelle Hélène ! En attendant, je préfère que tu ne viennes pas chez moi, je suis désolé, mais c'est plus prudent.

— Je comprends. Et qu'est-ce que tu crois qu'il y a, sur cette fameuse clef ?

— Le secret. Ce qui va me permettre de tout comprendre et d'identifier le tueur.

— Ce serait trop facile.

Chloé me raconta ensuite ses peines de cœur, et comment elle faisait n'importe quoi avec les garçons qui l'aimaient et qu'elle n'aimait pas, pour oublier celui qu'elle aimait et qui ne l'aimait pas. Elle me demanda si, hormis la policière, j'avais rencontré quelqu'un. Je lui dis que non mais que j'étais parfaitement bien tout seul ; elle ne sembla pas convaincue. Son portable se mit à vibrer : son meilleur ami lui donnait rendez-vous à Bastille. Elle se leva et me demanda quand nous nous reverrions – et où –, je lui promis de la rappeler.

— Sois prudent. Tu devrais aller passer quelques jours chez papy et mamy.

C'est en envisageant cette possibilité d'aller me réfugier chez mes parents que je me rendis compte que j'étais tombé amoureux d'Hélène et que je n'allais certainement pas quitter Paris maintenant.

L'horloge indiquait 5 heures au clocher de Saint-Ambroise quand je sonnai chez Amalia. J'étais d'une ponctualité sans faille pour mes rendez-vous chez mon analyste.

— Je vous ouvre, murmura-t-elle à l'interphone.

Cette phrase, cette voix, avaient le don de me plonger dans un trouble érotique qui ne me quittait pas de toute la séance. Elle se pratiquait face à face. Le transfert avait été très rapide, presque immédiat. Amalia m'avait conquis et, comme elle était très belle, je la déshabillais du regard tout en mettant mon âme à nu. Nous travaillions essentiellement sur mes rêves, que j'enregistrais sur un petit dictaphone, parfois en plein cœur de la nuit. Je retrouvais au matin, en les réécoutant, ma voix d'outre-sommeil racontant une histoire absurde dont je devais démêler les indices supposés m'aider à vivre, ou tout au moins à y voir un peu plus clair dans les désarrois de mon existence. Je recopiais les rêves sur mon ordinateur, les imprimais, les glissais dans un cahier plastifié et les apportais chaque semaine à Amalia, comme une offrande à une intouchable déesse. Elle me demandait d'abord comment j'allais, pointant avec sûreté ce qui m'angoissait. Puis nous passions aux rêves. Ainsi avançais-je sur une route escarpée, elle me tenant la main, et mes rêves me donnant une idée de la distance parcourue et des courbes du chemin. Je lui avais déjà fait deux déclarations d'amour et j'essayais toujours de la faire rire, car elle était joyeuse. Elle recadrait évidemment mon enthousiasme et s'arrangeait pour le replacer dans notre rapport thérapeutique. Ce jour-là, elle avait mis une petite robe toute simple qui laissait voir ses jambes et, lorsqu'elle se fut assise, une partie de ses cuisses. Elle portait autour du cou un collier de perles d'ambre, et au poignet gauche une collection de fins bracelets de couleurs vives. Elle avait une peau mate de métisse et de délicieuses taches de rousseur soulignaient son regard vif. Elle m'avait déjà entendu raconter pas mal d'histoires assez navrantes, mais quand je lui exposai le pétrin dans lequel je me trouvais, elle demeura perplexe. La psychanalyse, fût-elle jungienne, n'est pas d'une grande utilité quand il s'agit de se débarrasser d'un tueur sans pitié. Elle me fit parler de ma peur, finit par admettre qu'il n'y avait là rien que de très normal, et réussit quand même à mettre le doigt sur Hélène.

— Vous trouvez donc cette inspectrice très sympathique ?

— Elle a beaucoup de charme. Je pense qu'elle saura me protéger.

— Les femmes ne vous ont pas beaucoup protégé, n'est-ce pas ?

— Est-ce leur rôle ? Ma mère, peut-être…

— Oui, votre mère. Vous m'avez dit qu'elle travaillait beaucoup.

Elle décroisa et recroisa les jambes, la gauche passant sur la droite. Image, peut-être, des prochaines élections présidentielles.

— Vous, vous me faites beaucoup de bien, Amalia.

— Nous avons un contrat entre nous, Thierry.

— Avec Hélène aussi, elle est payée pour me protéger.

— Pour faire respecter la loi, non ?

— Ça y est, vous allez me parler du père !

— C'est vous qui en parlez. Et cette voisine disparue ? Vous la connaissiez bien ?

— Clara ? Un peu. Elle se prostituait. C'est bizarre.

— Parfois, la prostitution est en rapport avec l'image qu'une femme a d'elle-même.

Je me suis rappelé le sourire de Clara, sa bonne humeur, et j'ai regretté de n'avoir pas deviné le côté obscur de sa force.

— Et donc encore le regard du père, c'est ça ?

— C'est possible.

— Clara était fâchée avec ses parents.

Amalia esquissa un petit geste fataliste, comme pour dire « vous voyez bien ».

— Ce tueur est effrayant, vous savez. Il me terrorise.

— Quel châtiment vous menace donc ? Quelle faute a été commise ? Et par qui ?

— Le châtiment… Philippulus le Prophète… L'Étoile mystérieuse…

Je revoyais les champignons explosifs sur l'aérolithe et Tintin emmitouflé dans son anorak, avec ses bottes fourrées. Je sortis mon cahier de rêves et essayai de comprendre ce qui me fatiguait tant depuis de longues semaines.

— Vous pensez que je fais une dépression nerveuse ?

Amalia ne répondit pas : six gros coups dodus sonnaient au clocher de Saint-Ambroise. La séance était terminée.

Jean-Philippe habitait un pavillon à Pantin. Sur le chemin du métro, je me suis arrêté chez un petit caviste dont j'appréciais les conseils. Il était en train de vendre à un jeune couple une bouteille de pic-saint-loup, un vin généreux et élégant, fruité à point, que j'avais déjà essayé. Cette fois, je choisis un santenay de trois ans d'âge, qui devrait plaire à mon informaticien. Adepte féroce de la *junk food*, Jean-Philippe présentait le paradoxe de ne boire que de très bons vins. Pour arriver chez lui, il fallait d'abord franchir la porte banale d'un immeuble haussmannien. On débouchait alors sur une succession de petites allées pavées bordées de constructions modestes et charmantes. Au numéro six, une boîte à lettres américaine surmontée d'un Mickey fluo : c'était là. J'ai tiré sur la petite chaîne pour remuer la clochette, puis j'ai poussé la grille sans attendre de réponse. Dans le jardinet envahi par une pelouse étique, Jean-Philippe avait construit un étrange totem en empilant des carcasses d'ordinateurs mis au rebut. C'était comme une histoire de l'informatique des quinze dernières années. Je reconnus plusieurs modèles sur lesquels j'avais écrit mes premiers scénarios. La vitre de la porte d'entrée avait été repeinte en jaune vif. La sonnette ne fonctionnait pas. J'ai frappé plusieurs fois sans obtenir de réponse. La porte était ouverte, j'entrai.

— Jean-Philippe ?

Un silence, ou plutôt un vague bourdonnement provenant de l'étage. Et si le tueur… Mais non, je devenais complètement paranoïaque, il ne pouvait pas en plus avoir piraté mes conversations téléphoniques et déniché l'adresse de Jean-Philippe. Toute une liste de gadgets sophistiqués mentionnés dans le dernier roman d'espionnage que j'avais lu (une incroyable histoire de terrorisme, d'amour, de satellites espions et d'agents quadruples, mélange ultra-documenté des technologies du renseignement moderne et d'une écriture bollywoodienne hyper-sexualisée où « la nuit copulait avec l'océan » et « le désert faisait infiniment l'amour au ciel ») défila dans ma mémoire. De quoi pouvait-on encore être sûr ? Y avait-il une totale sécurité quelque part ? Il y eut du bruit là-haut, puis un juron, et un carton de pizza dévala l'escalier avant d'atterrir à mes pieds. Jean-Philippe le suivait de près.

— Tu es déjà arrivé ? me demanda-t-il sans surprise en ramassant le carton qui avait semé une jolie quantité de miettes dans l'entrée.

— Non.

— OK, c'était une question débile.

— Tu vas avoir des souris, fis-je remarquer en montrant les miettes.

— Tu dis ça parce que je suis informaticien ?

L'idée du ménage ne l'effleurait pas. J'exhibai la bouteille de bourgogne.

— Yes ! approuva-t-il en vérifiant le cru et le millésime. Je fais réchauffer les paninis ?

Des paninis réchauffés. Jean-Philippe n'était encore jamais allé aussi loin. Nous nous installâmes dans sa cuisine encombrée d'emballages et de bouteilles vides. Une casserole qui avait dû contenir des pâtes à la sauce tomate trempait dans l'évier comme un vieux cargo naufragé en laissant juste dépasser de l'eau grasse, en guise de cheminée, la pointe d'un couteau. Il sortit deux paninis de leurs sacs en papier et programma le micro-ondes.

— Ça te va ?

— J'en rêvais. Tu l'as fait.

Il sourit et prit dans un placard deux verres à pied étincelants, on aurait dit une réclame pour un liquide vaisselle. Quand il s'agissait du vin, rien n'était trop beau. Nous trinquâmes, il goûta, apprécia et me remercia en plissant les yeux.

— Quel bon vent t'amène ?

— Un bon vent… J'ai bien peur, au contraire, que ce ne soit une tempête.

Je lui résumai les derniers événements et lui montrai la clef USB. Il la tourna et retourna dans sa main.

— Bon… On va voir ça. N'empêche, c'est flippant, ton truc !

La sonnerie du micro-ondes retentit et je fis semblant d'adorer le panini au jambon. Le santenay, heureusement, était délicieux. Nous montâmes ensuite dans son bureau, un capharnaüm de fils, d'écrans, de claviers, de disques durs et de piles de documentation. Sans parler des imprimantes laser, jet d'encre, noir et blanc ou couleur, qui s'alignaient au fond de la pièce. Sur l'un des ordinateurs, l'écran de veille représentait une gigantesque pieuvre dont l'encre qu'elle crachait à intervalles réguliers envahissait peu à peu l'image qui devenait toute noire ; puis le nuage sous-marin se dissipait et les tentacules du monstre se remettaient à gigoter, jusqu'au jet suivant. Jean-Philippe s'assit devant et brancha la clef USB.

— Tu n'as pas peur qu'il y ait un virus qui bousille ta bécane ?

— J'ai un bouclier surpuissant ; en cas de panique, il coupe le circuit.

La petite icône « Clara » apparut sur le bureau. Il cliqua deux fois dessus et, comme moi, réveilla une fenêtre de dialogue lui demandant un code.

— T'as une idée de ce que ça peut être ?

— Non. Comme elle faisait de la philo, j'ai essayé des noms de philosophes, au hasard. Et aussi le nom de ma rue. Mais ça n'a rien donné.

— À mon avis, c'est un truc plus perso, genre le prénom de son petit copain ou celui de son chat. Ou le titre d'un film qu'elle adore. Ou une chanson. Ou un groupe.

— Bref, on n'a aucune chance de trouver. C'est pourtant pour ça que je viens te voir.

Jean-Philippe se livra à quelques manipulations et soudain un listing envahit l'écran. Il se gratta la joue. Rien de rassurant.

— Il va falloir employer les grands moyens.

— C'est quoi, les grands moyens ? Tu vas la faire fondre dans de l'acide ?

— Je vais mettre en route un algorithme de recherche. En fait, c'est ce qui prendra le moins de temps.

— C'est-à-dire ?

— C'est une question de chance : ça peut aller de deux heures à deux semaines. Le problème, c'est que ça va m'immobiliser une bécane…

— Je ne voudrais pas te faire perdre de l'argent…

— Ce n'est pas une question de pognon, c'est juste que je suis en train de coincer une bande de hackers super-costauds qui ont piraté le site d'une banque. En un an, ils ont réussi à virer sur leur compte plus de cinq millions d'euros, par tout petits versements de cinquante ou soixante centimes. Personne ne s'en est rendu compte jusqu'à ce qu'un type ruiné par la crise se mette à faire sérieusement ses comptes. Et à s'apercevoir qu'on lui piquait du fric tous les quinze jours.

— C'est lui qui t'a embauché ?

— Non, c'est la banque, mais c'est top secret. Quand je dois me rendre dans leurs bureaux, je suis obligé d'y aller la nuit déguisé en homme d'entretien. Rien ne doit filtrer.

— Je vais te retarder, c'est ça ?

— Un peu. Mais c'est moins grave que de te faire tuer par un fou dangereux.

C'était son côté pragmatique, classer les choses par ordre de priorité. Il activa sa fonction de recherche systématique, des combinaisons de lettres commencèrent à défiler, on aurait dit le cerveau d'un champion de Scrabble, déterminé à occuper une case compte triple en moins de trente secondes et en plaçant ses sept lettres. Satisfait, Jean-Philippe s'étira, attrapa du bout des doigts un magnum de coca à moitié vide, s'en enfila une bonne rasade en guise de dessert puis se tourna vers moi.

— Tu n'aurais jamais dû quitter ma sœur.

Je ne m'attendais vraiment pas à ce qu'il remette ça sur le tapis. Je ne lui connaissais pas un tel esprit de famille. Je n'avais pas envie de lui expliquer que c'était elle qui m'avait froidement laissé tomber pour entamer une liaison sans espoir avec un rédacteur de publicité antillais, marié et père de famille, qui lui faisait divinement l'amour. Alors je me contentai de répondre qu'il avait sans doute raison, et j'accompagnai mes paroles d'une petite moue désolée qui me donnait l'air convaincant. Il me crut à moitié, me donna une bourrade et me congédia : il devait se « skyper » avec sa copine. Autres temps, autres mœurs.

En me dirigeant vers la station de métro, je me rendis compte que le vin de bourgogne m'était monté à la tête. C'était assez agréable de marcher en pleine nuit dans des rues que je connaissais mal en laissant mes yeux s'accrocher aux néons des pizzerias et des kebabs, aux feux de circulation, aux silhouettes plus ou moins inquiétantes appuyées aux murs des immeubles. Provisoirement, j'étais détaché du monde et l'assassin de Clara ne me faisait plus peur. Le panneau lumineux à la station Hoche annonçait trois minutes d'attente. Je me mis à arpenter le quai en sifflotant *Stella by Starlight*, un thème que les jazzmen avinés surnommaient *Stella by Artois*, ce qui ne m'avait jamais fait rire. J'avais du mal à atteindre le *mi* bémol tout en haut. Je m'essayai à une improvisation, sans grand succès. Le métro arriva, j'ouvris une portière de la deuxième voiture et m'installai en face de deux Chinoises, une grosse et une maigre, qui m'ont grimacé un affreux sourire. Je rassemblai mes rudiments de chinois et leur lançai :

— *Ni hao* ?

— *Ni hao* ? me répondirent-elles en gloussant et en se mettant la main devant la bouche, avant d'ajouter : Toi parler chinois ?

— *Wo shuo Han Yu Yi Tieur*, me lançai-je. *Wo De Ai Ren Zhong Guo Ren*. Mais maintenant, divorcés.

— Divorcés ? Pourquoi divorce ?

Je haussai les épaules et levai les mains en prenant un air accablé.

— C'est la vie pour moi.

Les deux Asiates hochèrent la tête, feignant de partager ma peine, puis murmurèrent :

— Massage ? Massage ?

— Massage ? Maintenant ?

Je désignai sur mon poignet l'endroit où l'on porte habituellement un bracelet-montre.

— Oui, oui, maintenant !

— Où ? Chez moi ? *Wo De*... maison ?

Je les regardai. J'étais ivre, elles étaient presque enthousiastes et me proposaient un plaisir tarifé que je devinais sexuel. C'était l'occasion d'assouvir enfin un fantasme qui, depuis longtemps, me travaillait : coucher avec deux femmes en même temps. De l'autre côté de l'allée centrale, un couple d'amoureux suivait mes tractations avec une réprobation amusée. Mes deux jaunes compagnes étaient raisonnablement laides, l'une ayant un beau visage posé sur un corps trop gras, l'autre une mine chafouine et des dents de travers, mais une silhouette toute fine. Les deux étaient d'une extrême vulgarité, et apparemment d'une vénalité à toute épreuve. Je me penchai vers elles.

— *Wo Yao Lian Ke Nu Ren*.

Avec ma main, je faisais le chiffre deux comme le font les Chinois, c'est-à-dire en formant le V de la victoire. Amère victoire ! Les deux étrangères (étaient-elles des clandestines ?) acquiescèrent. La discussion du prix dura le temps de cinq stations. Évidemment, je marchandai. À Stalingrad, nous tombâmes d'accord sur cent euros pour le tout. Mon chinois ne me permettait pas d'entrer dans tous les détails, je ne savais pas jusqu'où elles iraient pour cette somme modique qui représentait le tiers du salaire mensuel d'une assistante de direction à Beijing. Nous sortîmes à Place d'Italie et, escorté de mes deux masseuses, je descendis le boulevard Blanqui d'un pas vif, pressé d'arriver chez moi et de me livrer à la luxure. Soudain, je fis signe à mes deux compagnes de ralentir : j'avais reconnu, à une dizaine de mètres en avant, la calvitie de mon voisin du troisième, Bernard Chalon, un moine défroqué qui avait quitté les ordres pour épouser une femme très charmante et lui faire deux fils. Il travaillait désormais à la Bibliothèque nationale. Nous parlions souvent littérature, il avait eu la gentillesse de lire mes romans policiers et m'encourageait à en écrire d'autres. Je n'avais pas envie qu'il me voie ramener deux prostituées chez moi. Même une seule, ça m'aurait gêné. Et je pouvais difficilement lui faire croire que j'hébergeais des sans-abri. J'expliquai par signes aux deux filles que j'avais soif et que j'allais m'acheter à boire dans une épicerie arabe encore ouverte à cette heure. Un peu méfiantes, elles me laissèrent entrer dans la boutique et se lancèrent dans une discussion animée en fumant une cigarette. Je pris une cannette de jus de pomme. Le marchand partageait de grandes embrassades avec une de ses clientes qui, de ce que j'en saisis, quittait définitivement le quartier. Émotion locale.

— Eh oui, Belkacem, c'est la vie !

— Oui, oui, c'est la vie.

Encore une bise, la dame s'en alla et je payai ma boisson. Les deux Chinoises me virent ressortir, exagérèrent leurs sourires et m'encadrèrent, une à droite, une à gauche, jusqu'à ce que nous arrivions chez moi. Bernard Chalon avait disparu ; la minuterie éclairait encore la cage d'escalier. J'aurais préféré la pénombre qui règne quelques secondes à l'allumage des lampes basse consommation dont l'installation avait provoqué un vaste débat dans l'immeuble. Mlle Basile et Mme Novelas estimaient que ces lampes mettaient trop de temps à atteindre leur plein éclat, et prétendaient qu'elles risquaient de tomber dans l'escalier. Enfin, pas elles, puisqu'elles prenaient toujours l'ascenseur, mais leurs invités, par exemple. Jusque-là, je n'avais pas pris parti, mais la présence éventuelle d'un tueur dans les encoignures me faisait regretter la franche illumination de ces bonnes vieilles ampoules à incandescence. Sauf précisément quand j'arrivais escorté de deux Asiatiques pleines de bonne volonté à mon égard. Nous nous serrâmes dans l'ascenseur, je les caressai un peu, elles faisaient semblant de trouver ça drôle et riaient en échangeant entre elles des regards de connivence. Mon palier désert, mes clefs, la porte ouverte et nous voilà tous les trois dans mon living. Je proposai du thé, du jus de fruit, de l'eau, mais ces dames ne voulaient rien. Droit au but et tant pis pour la poésie. À quoi m'attendais-je ? En frottant son pouce contre son index, la plus volumineuse des deux prostituées fit le signe international de l'argent. Ce n'était sans doute pas de grandes professionnelles, il y avait dans certaines de leurs attitudes trop d'hésitation, mais elles voulaient se faire payer d'abord. J'allai dans la réserve secrète de ma chambre et pris deux billets de cinquante euros. J'en tendis un à chacune d'elles. Grand silence, immobilité, déception. Et puis un déluge d'explications mêlant un peu de français, beaucoup de chinois et des gestes pleins d'emphase. Je finis par réaliser qu'il y avait un malentendu. J'avais compris cent euros en tout, elles cent euros chacune. Du simple au double, la négociation s'annonçait serrée. Je restai ferme sur ma position, d'autant que, peu à peu, mon ivresse se dissipait, tout désir me quittait, je n'étais plus le moins du monde excité. Au contraire, la situation m'apparaissait dans toute sa pathétique dimension. Et comme je ne disais plus rien, les deux filles commencèrent à se chamailler, l'une acceptant ma proposition et l'autre pas. Bientôt, ce fut comme si je n'existais plus, le ton monta entre elles, elles se mirent même à se bousculer sans du reste appliquer le moins du monde les savants principes du *tai-chi-chuan* (qu'on pourrait traduire très approximativement par « boxe de la grande énergie »). Au bout d'une minute, elles s'insultaient en hurlant. Je crus entendre des coups au plancher.

— Calmez-vous ! Calmez-vous !

Elles ne prêtaient plus aucune attention à mes prières, c'était devenu une affaire d'honneur, il s'agissait de ne pas perdre la face, une composante essentielle de la mentalité chinoise.

Je l'avais appris avec Mei-Tien qui était capable de me faire la gueule deux jours entiers pour une simple parole dite de travers : c'était le prix à payer pour laver l'offense. Je me précipitai sur le petit dictionnaire franco-chinois que j'avais glissé dans ma bibliothèque entre un recueil d'articles sur le front de la Somme en 1915 et un vieil exemplaire de *La Famille Fenouillard*, cadeau de mon père. Calme, tranquille, pouvait se traduire par *An*.

— *An ! An ! Wo yao ni shi an !*

Je ne devais pas avoir le bon accent, mes deux visiteuses s'insultèrent de plus belle. Il y eut alors des coups violents à ma porte que je fus, semble-t-il, le seul à entendre. Abandonnant la jaune dispute, j'allai ouvrir : Hélène était là, devant moi, dans toute sa beauté de femme un peu sauvage.

— Vous avez un problème ?

— Qu'est-ce que vous faites là ?

Elle jeta un coup d'œil dans la salle et aperçut les deux extrême-orientales. Elle ne se fit aucune illusion sur leurs motivations.

— Vos voisins ont appelé, ils ont entendu des cris. Et comme tout le monde semble nerveux dans cet immeuble…

— Il y a de quoi, non ?

— Si vous voulez. Je peux entrer ?

Je la laissai passer. Les deux Chinoises n'avaient pas eu besoin d'interprète pour comprendre qu'Hélène était flic. Une sorte d'instinct. Elles disparurent comme par enchantement et j'entendis l'ascenseur qui repartait déjà vers le rez-de-chaussée.

— Écoutez, ce n'est pas ce que vous croyez..., me justifiai-je, embarrassé.

— Si, c'est exactement ce que je crois. Je ne veux pas savoir ce qui s'est passé, mais ne vous inquiétez pas, je ne vais pas vous mettre une amende pour tapage nocturne.

— Je crois que j'ai un peu bu... Vous voulez une tisane ? Un café bio ?

Au lieu de me répondre, Hélène me regarda fixement.

— Ça va ? Vous tenez le coup ?

Devais-je lui parler de la clef USB ? Elle allait vouloir la récupérer, et Jean-Philippe détestait qu'on mette le nez dans ses affaires. Des flics, en plus... Et puis cette clef m'avait été adressée à moi. Elle contenait peut-être des confidences, des secrets. Ce n'était qu'une question d'heures, de jours tout au plus. Déjà s'empilaient dans mon esprit les mensonges que je devrais débiter à Hélène pour lui expliquer comment j'avais récupéré cette clef, que je finirais bien par lui montrer.

— Pourquoi vous ne me répondez pas ?

— Excusez-moi... Si, si, ça va. Un peu de fatigue, sans doute le contrecoup de toute cette affaire.

— Vous ne me cachez rien ? On dirait que quelque chose vous tracasse.

— J'ai cru voir le meurtrier au Luxembourg, pendant que je prenais un pot avec ma fille. Mais je n'en suis pas sûr, et j'ai l'impression que je deviens… Enfin, je ne vais pas vous déranger chaque fois que j'ai une hallucination.

— Monsieur Mellec, je suis là pour ça. Ne prenez pas votre situation à la légère, et ne commettez pas d'imprudence.

— Ce soir, vous appelleriez ça une imprudence ?

— Votre vie intime ne m'intéresse pas. Cela dit, les clandestines chinoises, ce n'est peut-être pas ce qu'il y a de mieux pour vous.

— C'est la première fois, je vous assure. Et la dernière.

Je la regardai. La fatigue des derniers jours commençait à marquer son visage, dessinant deux traits tout fins de chaque côté de sa bouche. Ses beaux yeux bleus aussi semblaient avoir pâli. Moi, en revanche, sa vie intime m'intéressait. Quel genre d'homme pouvait-elle aimer ? Un grand beau flic ultra-viril ? Un chef d'entreprise déjà marié mais n'hésitant pas à l'emmener en week-end dans des hôtels de luxe ? Un sportif de haut niveau ? Une femme, peut-être ? Elle étouffa un bâillement et me fit un petit signe de tête.

— Je vous souhaite une bonne nuit. Meilleure que celle d'hier.

— Merci. Et vous penserez à mon répondeur ?

— Je vous l'ai promis. Vous l'aurez peut-être demain.

Elle jeta machinalement un coup d'œil par la fenêtre. On pouvait deviner dans le ciel noir les franges évanescentes de gros nuages endormis.

Puis, de nouveau, très rapidement, elle me dévisagea, me tourna le dos et sortit. Cette fois, je n'oubliai pas de fermer à double tour en laissant la clef dans la serrure.

7

La science

Le programmateur de FIP était un fou furieux. Il était 7 h 40 du matin et il envoyait *Sex Machine* de James Brown. Il a enchaîné sur *Watermelon Man*, version Head Hunters, ce qui était presque aussi violent, puis les infos ont parlé de la bourse qui dévissait pour la troisième fois consécutive. Ça m'a quand même fait plaisir d'imaginer la tête des traders. Après une version reggae de *Plaisir d'amour*, la fipette a annoncé qu'il était 8 heures et je me suis levé. J'ai ouvert le rideau et regardai dans la rue, il n'y avait pas de tucur. Tout en préparant mon thé Rooibos sans théine, suivant l'excellent conseil de mon acupunctrice, je repensais au désastre de la soirée précédente et à l'opinion qu'Hélène devait désormais avoir de moi. Aurais-je dû lui parler de la clef USB ? Je commençais à regretter ma dérobade, cette clef était à n'en pas douter un élément important de l'enquête et je l'avais dissimulée à la police.

D'un coup, je me sentis mal. Décidément, je faisais tout de travers. J'étais nu dans la baignoire et je m'apprêtais à faire couler l'eau chaude quand le téléphone a sonné. Je me suis précipité, je me suis cogné l'orteil au montant de la porte, j'ai gueulé, puis j'ai récupéré le combiné et j'ai murmuré : « Allô ? ». C'était la productrice du film sur les tortues. Est-ce que j'étais libre pour déjeuner ? Nous pourrions discuter du scénario.

— Vous avez un agent ?

— Je n'en ai plus, j'en ai eu assez de donner dix pour cent sur les contrats que je trouvais tout seul et que j'aurais mieux négociés.

— Bien, alors nous pourrons aussi en parler. Vous pouvez passer à la production à 13 heures ?

J'ai accepté ; me faire inviter à déjeuner par les producteurs reste un de mes petits plaisirs favoris. J'ai raccroché et j'ai fait un pas vers la salle de bain, mon orteil était douloureux. L'interphone a sonné, c'était le facteur.

— Monsieur Mellec ? Un colis pour vous.

— Je vous ouvre. Sixième étage.

La porte de mon bureau était restée ouverte. Par la fenêtre, on pouvait me voir répondre à l'interphone mural de l'entrée. Un gros homme, dans l'immeuble d'en face, s'était arrêté d'arroser les fleurs de son balcon pour me regarder à poil. Ça m'a énervé. Je me suis glissé dans le dressing et j'ai enfilé mon imperméable. Je me suis regardé dans la glace, j'avais l'air d'un vieux pervers. On a frappé à la porte et c'est là, juste au moment d'ouvrir, que j'ai pensé à une nouvelle ruse de l'assassin. Une ruse éculée, mais qui avait failli marcher : le facteur !

— Qui est-ce ?

— Le facteur.

La voix était bien celle d'un facteur. Et toujours cette absence cruelle de judas. Qui était derrière la porte ?

— Vous avez une carte de la Poste ?

— Non, je... Enfin, j'ai ma tenue de travail.

— Je ne peux pas vous voir. Vous pouvez déposer le colis devant la porte ?

— Il faut que vous signiez un reçu.

Évidemment... Le piège était imparable.

— Il vient d'où, ce colis ?

— Je... Avec les nouvelles oblitérations, je ne peux voir que la date d'envoi.

Le type était très fort. Une seule solution : bloquer la porte.

— Un instant...

Je fonçai dans le séjour, repliai les deux abattants de la table et la glissai contre la porte. La maintenant du pied gauche, j'entrouvris la porte, en prenant bien soin de placer mon visage le plus bas possible. Je me souvenais d'un film érotique de Walerian Borowzieck dans lequel un vieux voyeur regardait par la serrure un jeune couple faire l'amour. La jeune fille s'en rendait compte et glissait une longue aiguille par ce trou de serrure, crevant l'œil du vieux, lequel finissait quand même par la posséder. Drôle d'histoire. Où j'étais placé, j'avais le temps de retirer mon visage si l'autre avait décidé de se servir d'un poignard effilé.

— Oui ?

Le facteur, surpris, baissa les yeux pour me voir. C'était bien un facteur, et il avait bien un colis dans les mains. Je me redressai, écartai la table, ouvris la porte, et avançai les bras pour prendre le colis. Les deux pans de mon imperméable s'écartèrent, le facteur me jeta un regard surpris et vaguement écœuré. Je me dépêchai de refermer mon vêtement au lieu de prendre le colis alla rouler en bas de la première volée de marches.

— Ce n'est pas grave, ce n'est pas fragile, murmurai-je en attrapant le stylo que le préposé me tendait du bout des doigts.

Je signai le reçu, le postier s'engouffra dans l'ascenseur et disparut. Je dévalai la dizaine de marches et ramassai le paquet. Le papier kraft de récupération et l'utilisation abusive de ruban adhésif de type « déménagement » me confirmèrent que c'était un cadeau de mes parents. Je remontai juste assez vite pour voir ma porte qui se refermait. Pas deux fois ! Je balançai le colis dans l'ouverture, dans l'idée de bloquer la porte. Au même instant, Aliénor sortait de chez elle. D'un geste vif, je repliai les pans de mon imperméable d'où sortaient, ridicules, mes deux mollets poilus.

— Qu'est-ce que vous foutez, encore ? me demanda-t-elle tandis que le colis rebondissait à ses pieds sur le palier. Et qu'est-ce que c'est que cette tenue ?

— Le facteur… J'allais prendre ma douche…

Du coin de l'œil, je surveillais ma porte et j'eus juste le temps, en une manière de grand écart, d'intercaler mon pied entre l'embrasure et le battant. Dans ce geste assez sportif, mon imperméable, de nouveau, s'ouvrit à demi. Tout en appuyant sur le bouton d'appel de l'ascenseur qui venait de redescendre le préposé, Aliénor me regarda en hochant la tête.

— Si vous croyez que ça m'intéresse !

— Je ne me fais pas d'illusion, croyez-le bien, m'excusai-je en ramenant sur moi le tissu mastic. Et je vous assure que je suis vraiment désolé pour Justine. Comment va-t-elle ?

— Qu'est-ce que ça peut vous foutre ? Et puis arrêtez les esclandres en pleine nuit, ce serait bien.

Je soupirai, définitivement vaincu.

— Vous pouvez me passer mon paquet ?

Elle regarda à ses pieds et, d'un geste que je n'attendais pas, shoota dans le colis. Surpris, je fus incapable de l'arrêter, et il alla voler dans mon salon, quelque part entre le clic-clac et la chaîne stéréo.

— Un à zéro, commenta Aliénor avant de s'engouffrer dans l'ascenseur qui venait d'arriver.

Je rentrai chez moi, refermai la porte et récupérai le colis. Il était effectivement à l'épreuve des chocs, il ne contenait qu'une pile de torchons sur lesquels ma mère avait passé des heures à broder des animaux de la ferme, dans des coloris improbables qui faisaient alterner un lapin rose avec un âne vert, un cheval bleu avec une oie rouge. Elle me montrait qu'elle pensait à moi en décorant mon linge de cuisine de petits dessins maladroits qu'elle effectuait avec ses fins de bobines. Je n'avais pas encore fini de ranger les torchons dans le dernier tiroir de ma cuisine que, déjà, ma mère appelait.

— Tu n'aurais pas eu une surprise, par hasard ?

— Tu veux parler de l'intégrale de Miles Davis que j'ai reçue ce matin ?

— …

— Non, je rigolais, j'ai bien reçu tes torchons, ils sont magnifiques.

— Tu vas pouvoir essuyer ta vaisselle, maintenant.

— Tu sais bien que je la laisse sécher.

— Oui, mais ça fait des traces.

— Non, non, l'eau parisienne disparaît sans laisser de trace.

— Tu te moques de ta vieille maman. Tout va bien ?

— Super bien.

Nous nous fîmes des baisers, elle raccrocha, je n'allais pas lui raconter qu'un tueur voulait ma peau et que je faisais venir chez moi des prostituées chinoises. Elle avait assez de soucis avec mon père qui devenait insupportable en vieillissant.

Dans le miroir de la salle de bain, je regardai mon corps nu, ce pauvre corps auquel un tueur voulait ôter la vie. Pourquoi tant d'efforts ? Je finirais bien par mourir, moi aussi. Ma pensée fit un détour par la maxime d'un philosophe (Schopenhauer ?) qui proscrivait le suicide, le considérant comme de l'énergie perdue : pour mourir, il suffit de faire confiance à la vie. J'étais sous la douche, le corps couvert de mousse de savon d'Alep, lorsque le téléphone sonna de nouveau. Je me dis que j'allais laisser le répondeur s'enclencher, puis je me rappelai que je n'avais plus de répondeur. Je sautai hors de la baignoire, attrapai une serviette au passage, ce qui ne m'évita pas de laisser de grandes traînées humides sur le parquet, et décrochai.

— Allô ?

— Monsieur Mellec ?

— Lui-même.

— Je vous dérange peut-être ?

— Oui… Non… Enfin, allez-y, c'est pourquoi ?

— C'est la Française des Jeux, monsieur Mellec. Vous avez gagné au Millionnaire, n'est-ce pas ?

— Oui… Je ne pensais pas que vous me rappelleriez si vite.

— Nous avons eu une défection. Le candidat que nous devions enregistrer ce soir vient d'avoir une crise cardiaque.

— Trop de bonheur, sans doute ?

— Cela arrive quelquefois. Vous allez bien, vous ?

— Oui, je vous remercie… Juste un peu mouillé.

— Ah… Est-ce que vous seriez sec… pardon, je veux dire libre ce soir, pour l'émission ?

— Vous diffusez en direct ?

— Non, bien sûr que non. Il peut se passer tellement de choses. C'est un grand moment, dans la vie d'une personne, vous savez, lorsqu'elle fait tourner cette roue qui peut changer toute son existence.

— Vous croyez que leurs vies changent vraiment ? Je veux dire, les crétins restent des crétins, même s'ils vont se tremper les pieds dans l'eau bleue des Seychelles.

— C'est un plaisir qu'ils n'auraient même pas imaginé avant, monsieur Mellec.

— Évidemment, ils n'ont aucune imagination !

— Vous n'avez pas répondu à ma question, pour ce soir.

— Écoutez, a priori, je n'ai rien de mieux à faire que d'aller gagner un million d'euros.

— Un million, c'est le gros lot, monsieur Mellec. Mais vous ne repartirez pas avec moins de vingt mille euros.

— Je dois m'habiller comment ?

— Simplement. Correctement. Nous n'exigeons pas de smoking, ajouta-t-il en poussant son humour à son maximum.

— Tant mieux, je n'en ai pas.

Je mentais, j'avais récupéré celui de mon père, un vieux vêtement en laine bleu marine avec des bandes noires, je l'aimais bien. Je l'avais mis une fois, pendant les deux jours que j'avais passés au festival de Cannes. Si je n'avais pas bêtement glissé sur les marches, c'eût été un sacré bon souvenir. L'employé de la

Française des Jeux me donna l'adresse où me présenter, ils tournaient dans un petit studio du 11e arrondissement. Rendez-vous à 20 heures précises. Je m'estimais capable de trouver une tenue qui conviendrait aussi bien à mon déjeuner de travail qu'à l'émission de la chance. Paula avait justement repassé la chemise grise que Ninon m'avait offerte, un jour où nous passions ensemble bras dessus bras dessous rue de l'Odéon. Du temps où elle m'aimait. Dans la moiteur naphtalinesque de mon dressing, tandis que mes mains fébriles agitaient les cintres, il me vint une grosse bouffée de nostalgie, un de ces manques à vous couper le souffle qui me donnait envie de manger-boire-baiser-chanter-jouerdupiano-prendreunbain-rire-pleurer, et bien d'autres choses encore, et tout à la fois. Et c'étaient les cheveux blonds et fins de Ninon, et sa peau douce et son rire et ses caresses qui me sautaient à la gorge. Je laissai passer l'orage, je pris la chemise grise, un T-shirt blanc et un jean noir. Chic et décontracté, très parisien. Avec la veste anglaise, cadeau de Sophie (décidément, les femmes m'habillaient !), je serais très bien. Enfin, *last but not least*, je me suis glissé dans mes vieilles Church's, reliquat de ma splendeur passée, du temps où on payait correctement les scénaristes. De nouveau, je m'examinai dans la glace, cette fois le grand miroir de l'entrée. Je me suis passé la main sur le menton, j'entretenais sur mes joues une barbe dite « à l'italienne », ni trop longue, ni trop courte, une barbe de trois jours. « Trois jours, toujours ! » disait Marie-Luce. Un coup d'œil à ma montre, le courrier était passé. De toutes les choses qui encombraient ma vie (e-mails, messages sur mon répondeur, messages sur mon téléphone portable, spams et publicités en tous genres qui venaient se glisser dans la trame de mes journées), le courrier postal, le vrai, l'authentique, continuait à me ravir. J'adorais ouvrir ma boîte à lettres et retirer les enveloppes, dont la plupart contenaient d'ailleurs des prospectus sans intérêt ou les programmes de théâtres où je n'allais jamais. Je n'y trouvais pas tous les jours une clef USB. J'allais sortir quand mon téléphone sonna. Il n'y avait personne au bout du fil. Ou plutôt si, il y avait quelqu'un qui ne disait rien. Je pouvais percevoir, très légère, une respiration, un souffle calme et régulier.

— Qu'est-ce que c'est ? Vous voulez me parler ? C'est Thierry Mellec à l'appareil.

Pas de réponse.

— C'est malin. Vous pensez me faire peur ? Vous avez raison, je suis déjà terrorisé, alors ce n'est pas la peine d'insister.

Pas de réponse. Et puis d'un coup une détonation me fit jeter le combiné à l'autre bout de la pièce. J'avais l'oreille toute bourdonnante.

— Salaud ! criai-je. Espèce de salopard de fils de pute !

Imprécations parfaitement inutiles, car le téléphone s'était ouvert en tombant, et la batterie avait glissé sous le fauteuil. Je remis les morceaux ensemble et, découragé, m'assis sur mon lit, la tête basse. L'assassin de Clara ne me laisserait jamais tranquille. Hélène était-elle en mesure de l'attraper avant qu'il me tue ? Me surveillait-elle vraiment ou avait-elle laissé l'enquête à la brigade criminelle ? Et si je sautais dans un train, dans un avion, et partais loin, très loin ? Je me sentais dans la peau d'un repenti, un de ces témoins à charge contre un parrain de la mafia, à qui on inventait une nouvelle vie dans un patelin perdu. Jusqu'à ce qu'un jour une grosse voiture noire s'arrête devant sa porte…

J'avais pas mal de courrier, ça me remonta un peu le moral de voir le petit tas d'enveloppes que j'avais retiré de mon casier. Les cachets sur les adresses refroidirent mon enthousiasme : le syndic qui réclamait ses charges trimestrielles, ma caisse de retraite sa cotisation annuelle, un formulaire exténuant à remplir pour la Sécurité sociale. Seule compensation : une lettre de la société des auteurs, j'avais apparemment reçu quelques droits. Je me dépêchai de massacrer l'enveloppe pour lire le bordereau : une chaîne câblée gabonaise avait diffusé un vieux téléfilm que j'avais écrit huit ans plus tôt avec Isabelle. La gloire, depuis, l'avait emportée vers des cimes inaccessibles et je lisais parfois son nom sur des affiches de films à succès. Pour cette œuvre mineure, je venais de gagner trois euros et soixante-quinze centimes, directement versés sur mon compte. Je fis une petite moue à la Clint

Eastwood, remis tout le courrier dans la boîte et sortis. Je n'avais rien de précis à faire, je voulais juste vérifier si la police surveillait mon immeuble. Aucune trace d'Hélène ou de voiture suspecte. J'allai jusqu'à la pâtisserie, j'étais friand de chaussons aux pommes. La nouvelle vendeuse était grande et maigre. Elle portait les cheveux attachés en arrière et fredonnait sans arrêt des chansons de Georges Brassens. Cette fois, je reconnus *Saturne*.

— C'est ma préférée, lui dis-je.

— Elle est magnifique, c'est vrai.

Elle enchaîna sur le troisième couplet avant de me demander ce qui me faisait envie.

— Je voudrais me sentir en sécurité, soupirai-je. Donnez-moi un chausson aux pommes.

— Vous vous les mettez aux pieds ?

— Non, je me les enfile.

Elle rigola.

— Méfiez-vous, la compote est encore chaude.

Je payai, sortis, déballai la viennoiserie de son papier, croquai dedans et me brûlai la langue. Devant le pressing, Zefira était en grande conversation avec un balayeur noir tout vêtu de vert. Ils parlaient de bossa nova. Au fond, toute cette rue aurait pu se transformer en vaste comédie musicale, mais ce décor était devenu celui d'un drame implacable dans lequel je jouais le rôle misérable de la victime promise à la fin la plus atroce. J'arrivai devant mon immeuble en même temps que deux types habillés en inspecteurs de police, l'un version complet cravate, l'autre version blouson et jean. Je reconnus l'inspecteur Croze. Il me reconnut aussi et me salua.

— Vous auriez revu le meurtrier présumé dans les parages ?

— C'est exact. Il ne me lâche pas. Il m'a même téléphoné ce matin. Quand j'ai répondu, il a tiré un coup de feu à l'autre bout du fil.

Je me suis frotté l'oreille pour montrer que j'avais trouvé ça très désagréable.

— On va tracer l'appel. Vous voulez qu'on vous mette sur écoute ?

— Non, ça me gênerait. Vous allez quand même bien finir par le coincer ? Il y a des caméras dans les rues, non ? Et puis il a sans doute laissé des indices chez Clara.

— On va repasser l'appartement au peigne fin. Mais je ne suis pas optimiste.

Ça se voyait sur sa figure, qu'il n'était pas optimiste. Nous sommes entrés ensemble, j'ai récupéré mon courrier et je les ai laissés au rez-de-chaussée, avec toujours un petit coup au cœur en les voyant ouvrir la porte de chez Clara. Je suis remonté chez moi. La matinée a passé vite. Je m'acharnais sur les dialogues d'un western que je travaillais depuis déjà plusieurs années, malgré tous les gens de bon sens qui m'expliquaient qu'on ne produirait jamais ce film en France. Et si je le faisais traduire en anglais ? Le téléphone sonna, une fille avec un vague accent étranger m'appelait de la part d'un certain Vincent Mercier pour savoir si j'avais besoin de fenêtres à double vitrage. Je ne connaissais évidemment pas de Vincent Mercier, personnage inventé, appel pathétique, pauvre ruse de commerciaux aux abois.

— Pourquoi vous ne changez pas de métier, mademoiselle ?

— Je vous demande pardon ?

— Ce n'est pas la peine de me demander pardon, vous m'avez à peine dérangé, je venais de finir ma scène. Je trouve seulement que vous devriez faire autre chose. Je suis sûr que vous avez sur le dos un supérieur imbécile et méchant, que vos collègues sont des crétins jaloux et que vous travaillez dans des conditions épouvantables, avec tout le temps quelqu'un qui vous espionne.

Il y eut un silence, puis la fille éclata en sanglots.

— Et puis j'ai déjà changé mes fenêtres quand j'ai emménagé ici, c'est-à-dire il n'y a pas si longtemps.

À l'autre bout du fil, les sanglots redoublèrent. Je raccrochai délicatement, comme si ça changeait quelque chose.

La production se trouvait au premier étage d'un bâtiment préfabriqué, au milieu d'une zone industrielle en partie squattée par l'industrie audiovisuelle. Dans un grand hangar voisin, on tournait *Le bonheur n'a pas de prix*, un feuilleton interminable qui rassemblait chaque soir des millions de téléspectateurs devant les aventures improbables d'une dizaine d'habitants d'un quartier de Mulhouse. Il fallait aimer l'Alsace. Mes parents adoraient. La productrice me fit patienter dans l'entrée, devant le bureau d'une hôtesse longiligne et blonde jonglant avec dextérité entre les appels qu'elle recevait, son téléphone portable personnel et un jeu sur Internet. Une pro. À travers la porte de son bureau, j'entendais la productrice hurler au téléphone, une sombre histoire de mixage. Le hurlement était son mode d'expression favori. Enfin elle raccrocha et sortit.

— Pardon de vous avoir fait attendre. On va en bas, il y a un petit italien très convenable.

— Parfait.

Elle donna quelques consignes à la blonde et nous sortîmes. Dehors, un rayon de soleil réchauffait le goudron du parking.

— A priori, Arte est intéressée par le projet. Mais je vais essayer de trouver un autre diffuseur, peut-être Planète ou une chaîne locale comme TV Breizh. On n'est jamais trop financé, conclut-elle en me souriant.

Elle n'était pas laide, elle aurait même pu être jolie avec ses cheveux courts, ses grands yeux bleus et sa silhouette svelte. Mais elle me faisait peur. Je savais déjà qu'elle allait me faire perdre beaucoup de temps à chercher comment lui dire que je n'étais pas forcément d'accord avec toutes ses idées. C'était un petit jeu épuisant qu'il fallait jouer avec certaines grandes hystériques de la télévision : ne jamais les affronter directement, attendre qu'elles oublient ce qu'elles avaient demandé et passent à autre chose – comme les tout jeunes enfants. On avait l'impression que chaque film était l'occasion pour elles de vérifier non pas leur compétence mais leur pouvoir. Moi, j'avais besoin d'argent. Nous nous installâmes à une table près d'une fenêtre, elle avait salué le patron par son prénom, serré la main d'un réalisateur en blouson et pantalon de cuir noir et en vogue, et fait un signe amical à une tablée de techniciens.

— Je vous conseille le risotto aux champignons, c'est un pur délice.

— Parfait.

— Vous buvez du vin ?

— Non, pas le midi.

— Tant pis pour vous.

Elle commanda un verre de chianti, puis nous rentrâmes dans le vif du sujet. Elle semblait fascinée par la reproduction des tortues. Tout ce qui me vint à l'esprit fut une citation de *Tintin au Congo* : « Le tort tue. » Elle me regarda comme si j'avais proféré une obscénité et je vis passer dans ses yeux la terrible lueur du doute, je sentis pendant quelques secondes que mon contrat s'envolait vers un autre scénariste.

— Ce qui est important, c'est que tout le monde est concerné, tout le monde a aimé une tortue dans sa vie.

Là, je me suis demandé si elle blaguait, mais non, elle était sérieuse, presque bouleversée. Je n'avais pas envie de savoir ce qu'elle avait fabriqué avec ses tortues.

— On peut faire un détour par la biologie.

Là, je compris que j'avais marqué un point. La biologie, c'était moderne, on en parlait partout, et elle-même connaissait très bien le professeur Gerboise, certainement le plus grand biologiste français.

— Gerboise ? Vous avez bien dit Gerboise ?

— Bien sûr. Son nom ne vous dit rien ?

— Si. Il y a une Clara Gerboise dans mon immeuble. Enfin, il y avait.

— Elle a déménagé ?

— Non, elle est morte. Assassinée.

— Mon Dieu… Il n'y a que dans les immeubles de scénaristes que ça arrive, des choses pareilles, plaisanta-t-elle.

Mais le cœur n'y était pas.

— C'est arrivé il y a deux jours. C'était peut-être la fille de ce fameux professeur ?

— J'espère que non, parce que nous aurons besoin de sa collaboration. Il pourrait être une des pièces essentielles de notre dispositif narratif.

Dispositif narratif ? Mieux valait entendre ça que d'être sourd. Je comprenais seulement que j'allais devoir me coltiner toute une recherche sur les tortues, bouquins, articles, films, et en prime dénicher le professeur Gerboise pour un premier entretien. Ces petites productions n'avaient jamais de budget pour une documentaliste.

— Vous avez le contact, pour Gerboise ?

— Je vous le donnerai, mais ne le dérangez pas pour tout et n'importe quoi, c'est une pointure. On a même parlé de lui pour le Nobel.

— En tout cas, je peux vous dire qu'il ne s'entendait pas avec sa fille.

— On s'en fiche, non ?

— Il faudrait que je rencontre aussi un ou deux éleveurs de tortues. Et pourquoi pas un jardinier ?

— Un jardinier ?

— Après tout, ce sont eux qui ont le plus affaire aux tortues, non ? Quand elles viennent bouffer leurs salades…

J'ai vu tout de suite qu'elle ne trouvait pas ça très filmique, un jardinier.

— Il y a sûrement des laboratoires qui font des analyses… Des chercheurs… Des scientifiques…

— Oui, certainement.

Des analyses de tortues… Inutile de se battre. Je lui suggérai seulement qu'il pourrait y avoir un passage en dessin animé ; ça l'a laissée perplexe, mais elle n'était pas contre. J'aimais tellement les dessins de Ninon que je cherchais toujours une façon de la ramener dans mes projets de films. J'aimais tellement Ninon.

Au retour, j'ai attrapé un bus au hasard, le premier qui passait. Il était rempli de mammas noires en boubou et d'Arabes maigres et silencieux. Il s'arrêtait à la gare du Nord. Là, je continuai ma dérive RATPesque, grimpai dans un autre bus et me retrouvai près de Jussieu. La Seine, majestueuse, faisait danser de petites flammes autour du Vert Galant. Comme nous remontions la rue Linné, je demandai l'arrêt. Ma conversation avec Lisa me revenait en mémoire. Il fallait que je la revoie, elle ne m'avait pas dit tout ce qu'elle savait, elle cherchait quelque chose, ou peut-être qu'elle ne cherchait rien et avais-je seulement envie de parler de Clara. J'entrai dans le jardin des Plantes par la grille de la fontaine Cuvier. Une famille avec enfants, ballons et poussette s'engueulait à propos d'une gaufre. Deux spécimens au sexe indéterminé, munis d'énormes lunettes noires, faisaient semblant de s'éclater en écoutant leur iPod, esquissant des pas de danse disgracieux que soulignaient les coupes mal ajustées de leurs blousons en faux cuir. Je saluai le gros ginko biloba dont les feuilles préhistoriques étaient supposées apporter la fortune : en l'occurrence, pour moi, ça devait se vérifier le soir même. Un vent froid balayait l'esplanade devant le Muséum. Des joggers passaient comme les chevaux d'un manège. Je contournai le grand bâtiment d'exposition et parvins à un petit immeuble moderne. J'ai poussé la porte d'entrée, il n'y avait personne dans le hall constellé d'affiches syndicales. Je me suis avancé au hasard dans un couloir, un sifflement étrange provenant d'un laboratoire me dissuada d'aller plus loin. Je grimpai une volée de marches, un autre couloir ; toujours personne. Soudain une porte s'ouvrit et en sortit un vieux type tout voûté, barbu, avec un bonnet multicolore posé sur sa calvitie.

— Excusez-moi… Je cherche le laboratoire du professeur Vincenot.

— Au bout, à droite. Mais elle n'est pas là aujourd'hui.

— En fait, je suis venu voir une de ses étudiantes, Lisa Gerboise.

— Allez voir, je ne sais pas s'il y a quelqu'un.

Il disparut comme il était venu, un dossier sous le bras, en marmonnant. Je frappai à la porte marquée « Pr. Magali Vincenot ». Lisa m'ouvrit. Elle portait une petite jupe courte, des collants et un pull noir très fin qui moulait sa poitrine.

— Tiens… Bonjour…

— Bonjour, Lisa. Je vous dérange ?

— Pas vraiment. Je rangeais le labo. Entrez.

L'espace était divisé en deux. À droite, un petit bureau avec des classeurs métalliques et une grande table couverte de dossiers et de livres, sur laquelle un ordinateur en veille laissait voir le paysage effrayant (on aurait dit un décor des *Télétubbies*) de *Windows XP*. À gauche, une machine étrange, en fait un gigantesque bricolage de tubes métalliques, de lampes, de cartons découpés, le tout commandé par un autre ordinateur – un Mac.

— Qu'est-ce que c'est ?

— Une machine à décomposer la lumière. Vous voulez voir ?

Elle me fit asseoir sur un tabouret réglable et je posai mon visage sur une mentonnière analogue à celles des ophtalmologistes. Lisa actionna un interrupteur, tapota sur le clavier de l'ordinateur, il y eut un grésillement et je vis apparaître juste devant moi le plus parfait des arcs-en-ciel.

— Splendide. On dirait qu'il vient de pleuvoir.

Lisa éteignit.

— Ça ne paraît pas, mais il nous a fallu dix ans pour arriver à ça.

— C'est beau, la science.

— Vous vouliez me dire quelque chose ?

— Oui et non. Vous n'êtes pas retournée chez Clara ?

— Non, pourquoi ?

— Les flics sont revenus aujourd'hui. Ils vont fouiller tout l'appartement.

Lisa parut contrariée. Je n'ai pas pu m'empêcher de faire mon malin.

— Je crois que j'ai trouvé avant eux.

Je me suis mis à lui raconter toute l'histoire de la clef USB. Elle me regardait, estomaquée. J'étais content de la faire sortir de sa réserve.

— Et vous l'avez donnée à quelqu'un ?

— Ne vous inquiétez pas, c'est un type de toute confiance. C'est le frère d'une de mes ex.

— Et alors ?

— Quoi qu'il découvre, ça restera entre lui et moi. Et vous, si vous voulez.

Pendant quelques secondes, elle eut l'air égarée. Je me rappelai ma conversation avec la productrice.

— Votre père est un biologiste, non ?

— Mon père ? Pourquoi vous me parlez de mon père ? Qu'est-ce que ça vient faire ici ?

Je l'avais contrariée. Je lui expliquai que j'allais écrire un film sur les tortues, ça la fit sourire. Elle me confirma qu'elle était bien la fille du fameux scientifique. Ses yeux se posèrent sur une boîte en carton rangée sur une étagère.

— Vous avez une bonne discrimination ?

— Pardon ?

— Les couleurs, vous arrivez bien à les différencier ?

— Oui, les bleus, les jaunes, les rouges, je fais la différence. Mieux qu'en politique !

— Mais d'un bleu à l'autre ? D'un rouge à l'autre ?

— Je ne sais pas… Je…

Elle attrapa la boîte sur l'étagère et la posa sur le bureau.

— Asseyez-vous.

Elle était très sexy – le chagrin, peut-être. Ou la nonchalance de ses gestes, comme si elle était détachée de tout ce qu'elle faisait. Et j'aimais bien qu'elle me donne des ordres. Elle ouvrit la boîte, ses mains tremblaient un peu. Elle étala devant moi une vingtaine de pastilles bleues, allant du bleu-vert au bleu-rouge, avec de l'une à l'autre une infinitésimale nuance de couleur. À charge pour moi de les classer de la plus verte à la plus rouge. Je me pris au jeu et me concentrai. Tout en disposant les petits jetons dans l'ordre qui me paraissait le meilleur, je racontai à Lisa que j'avais gagné au Millionnaire et que j'allais passer à la télé. Ça n'a pas eu l'air de l'intéresser, même quand je lui ai proposé de venir dîner avec moi dans un grand restaurant quand j'aurais remporté le gros lot. Elle n'était pas gourmande. Dommage, sa pâleur inquiète lui donnait une élégance, une distinction, un charme qui en auraient fait une compagne idéale. Elle disparut un court instant dans le laboratoire puis revint et regarda par-dessus mon épaule. J'intervertis deux pastilles.

— J'ai fini.

Retournant chaque pastille, Lisa déchiffra les codes inscrits au verso, les nota sur une grande feuille de résultat et sourit.

— Parfait. Vous n'avez commis aucune faute. Vous avez une excellente discrimination. Tout au moins dans les bleus. Vous voulez essayer les rouges ?

— Pourquoi pas ?

J'eus à ce moment un élancement dans le ventre ; le stress des derniers jours me tordait les tripes. Mon ostéopathe m'avait appris un excellent mouvement d'étirement pour calmer la douleur. Je me levai brusquement, m'appuyai sur le rebord de la fenêtre et, repliant ma jambe, attrapai mon pied droit avec ma main droite, de façon à bien m'étirer la cuisse. Je tirai jusqu'à ce que je perçoive un léger craquement. Lisa m'observait, les yeux écarquillés. Je lui fis un sourire rassurant.

— Tout va bien, c'est juste un petit exercice de relaxation.

Elle gardait les yeux fixés sur moi, sans rien dire, des pastilles de couleur plein les mains.

Je quittai ma posture et jetai machinalement un coup d'œil dehors. Je me figeai, glacé : le tueur venait de passer les grilles du jardin des Plantes et se dirigeait à grandes enjambées vers le bâtiment des laboratoires. Lisa avait surpris mon trouble.

— Qu'est-ce qu'il y a ? Qu'est-ce que vous avez vu ?

— Le tueur… Il est là… Il approche !

Elle se précipita à son tour à la fenêtre.

— Je ne vois rien…

— Il a contourné le bâtiment, vous ne pouvez plus le voir. Il a dû me suivre. On ne peut pas rester ici.

— On va fermer à clef…

— Vous croyez qu'un petit verrou peut arrêter un assassin ? Non, vite, venez avec moi.

— Mais je ne risque rien ! Pourquoi s'en prendrait-il à moi ?

— Pourquoi s'en est-il pris à Clara ? Vous le savez ?

Il y eut de longues secondes d'indécision. Puis je compris que Lisa n'avait pas l'intention de s'enfuir. Moi, je n'avais pas le choix.

— Enfermez-vous à double tour, et appelez la sécurité. Ça doit bien exister.

Je me ruai dans le couloir, Lisa claqua la porte derrière moi et j'entendis tourner le verrou. Je regardai de chaque côté. À gauche, l'escalier par où j'étais venu. À droite, le couloir se terminait en cul-de-sac, avec une porte sur la gauche et un petit voyant vert : sortie de secours. Sans doute ma dernière chance. Je m'élançai à droite mais m'arrêtai aussitôt : et si le tueur montait par là ? Une chance sur deux. Je me retournai : rien. Je décidai de ne prendre aucun risque : je m'immobilisai au milieu du couloir. Ainsi, quel que soit le côté par où arriverait l'assassin, je conserverais un demi-couloir d'avance. Et puis Lisa parviendrait peut-être à alerter des vigiles... Une silhouette se découpa sur ma gauche : le meurtrier avait choisi le grand escalier. Je décampai et me ruai vers l'issue de secours. J'entendis mon poursuivant qui se mettait à courir derrière moi. Je poussai la porte à battant, débouchai sur un petit escalier mal éclairé, actionnai une minuterie et dévalai les marches quatre à quatre. À la deuxième volée de marches, j'entendis la porte à battant qui claquait au-dessus de moi. Le type était rapide. Je me souvins du « ma », la distance à laquelle un samouraï frappe à coup sûr. Cela peut atteindre dix mètres, dix mètres qu'il parcourt sans qu'on s'en rende compte. Mon poursuivant possédait peut-être ce don. La minuterie s'éteignit brusquement, elle n'était pas restée allumée plus de huit secondes. Dans le noir absolu, je continuai sur ma lancée, rebondissant sur les marches et pensant à chaque seconde me fracasser le crâne ou me briser une jambe. Je fus projeté contre une nouvelle porte à battants, une douleur violente me traversa l'avant-bras, je diagnostiquai au jugé une déchirure avec décollement musculaire, j'irais passer une radio. J'actionnai le levier horizontal et poussai la porte : j'étais dehors. Je fonçai dans une allée qui longeait le bâtiment et rejoignait le chemin du Belvédère. Je croisai un groupe d'Américaines bavardes encombrées de glaces multicolores. Leurs chevelures dorées oscillaient comme des blés mûrs gavés d'engrais dans un champ de culture intensive. Je débouchai devant l'entrée des serres aux reflets mauves, comme les yeux de Lisa. Je pris à gauche dans l'allée bordée de platanes, laissant sur place deux joggers stupéfaits. Je pouvais voir entre les arbres les couleurs vives des parterres soigneusement entretenus, fuchsias, jonquilles et pensées rivalisaient de coquetterie sous les yeux des promeneurs. Soudain, débouchant d'une allée perpendiculaire, un petit garçon à vélo me coupa la route. C'était un petit vélo rouge à gros pneus, équilibré à l'arrière par deux roues supplémentaires stabilisatrices. J'en avais eu un moi aussi, mon père un jour avait ôté les petites roues et j'étais tombé. Cette fois encore, l'accident paraissait inévitable. À la dernière seconde, je pris un élan désespéré et m'envolai par-dessus l'enfant qui me regarda, stupéfait. Oubliant de pédaler, il tomba sur le côté, sans se faire mal. Par réflexe, il se mit à pleurer, et sa mère à m'insulter. J'étais déjà loin. Au terminus de la ligne 61, un bus démarrait. Je me jetai contre la portière avant. La conductrice, une jeune femme aux cheveux courts avec un piercing à la narine gauche, stoppa et m'ouvrit. Je sortis mon passe Navigo, le glissai devant l'appareil de contrôle et souris.

— Merci.

Les places du fond étaient libres. Je suis allé m'asseoir de façon à pouvoir surveiller l'entrée du jardin. Au moment où le bus s'engageait sur le pont d'Austerlitz, je vis le tueur sortir à son tour et regarder autour de lui. Il aperçut le bus et le suivit des yeux. Je m'enfonçai dans mon siège. En descendant à Gare de Lyon, je pouvais prendre la ligne 14 et rattraper la 6 à Bercy pour descendre à Corvisart. J'eus une pensée pour Lisa : était-elle en danger ? Mon bras me faisait mal, mais ce n'était sans doute pas aussi grave que je l'avais cru. Je sortis mon téléphone portable et composai le numéro d'Hélène. Une fois de plus.

8

Vu à la télé

Il n'y a qu'une sortie au métro Corvisart, au milieu du boulevard Blanqui. On peut juste choisir côté pair ou côté impair. Je choisis l'impair. Adossée à sa voiture de fonction, résolument jean et blouson, Hélène m'attendait en observant un pigeon faraud qui frimait sur le terre-plein.

— Alors, vous avez pris un coup de sang ?

— Rigolez pas, l'autre cinglé est toujours après moi.

— Ça s'est passé où, cette fois ?

— Au jardin des Plantes, dans le bâtiment de neurosciences.

— Qu'est-ce que vous fichiez là-bas ?

— C'est là que travaille Lisa, la sœur de Clara. Je voulais lui parler.

— Lui parler de quoi ?

— De ce qu'elle était venue chercher dans l'appartement de sa sœur.

— Et elle vous l'a dit ?

— Je n'ai pas eu le temps de lui poser la question.

Une fois de plus, je gardai secrète la découverte de la clef USB. Je n'aurais pas su dire précisément pourquoi. Il y avait là comme un lien ultime entre Clara et moi, une dernière confidence que je tenais à garder pour moi jusqu'à ce que j'en aie trouvé la véritable teneur. Et puis Jean-Philippe m'en aurait trop voulu s'il avait reçu la visite des flics. Hélène se mit au volant, je pris place à côté d'elle et, tandis que nous remontions vers la place d'Italie, je lui racontai la dernière péripétie dont j'avais été victime.

— Pourquoi tant d'acharnement ? murmurai-je, aussi bien pour la policière que pour moi.

— Vous êtes le seul lien entre cet homme et la victime, le seul témoin susceptible de le confondre.

— Il n'a laissé aucune trace dans l'appartement ?

— Aucune. Alors de deux choses l'une : ou il a beaucoup de chance, mais alors vraiment beaucoup, ou alors c'est un professionnel.

— Clara aurait trempé dans une affaire la dépassant ?

— C'est ce que nous essayons de déterminer. De voir aussi s'il ne s'agissait pas d'un chantage, ou de la mise à exécution d'une menace pesant sur un autre membre de sa famille.

— Son père, par exemple ? C'est un scientifique connu. Un biologiste.

— À partir de là, tout est possible. Si l'assassinat de Clara Gerboise a été commandité par un tiers, le meurtrier fera tout pour qu'on ne puisse pas remonter jusqu'à lui, et donc jusqu'à la personne qui est derrière lui.

— Vous êtes rassurante…

Je jetai un coup d'œil résigné à la façade sinistre du centre commercial. Ça avait été un temps le plus grand cinéma de Paris, ils allaient le découper en boutiques de fripes. Le goût du jour.

— Pauvre Clara ! Je ne la vois pas faisant du chantage ou constituant un danger pour qui que ce soit.

— Il y a les dangers réels, et ceux qu'on s'imagine. Un de ses clients occasionnels a pu traverser une grande crise de culpabilité et se persuader qu'elle allait tout raconter à sa femme…

— Vous avez interrogé toute sa famille ?

— C'est le boulot de la Crim'.

— Cela dit, je ne sais pas si ses parents auront grand-chose à dire, elle ne les voyait plus.

— Clara n'a jamais fait aucune allusion au motif de cette brouille ?

— Aucune, non. Mais j'ai remarqué qu'elle avait découpé ses parents sur une photo d'elle petite.

— J'ai remarqué aussi.

— Ça doit vous frustrer que l'enquête passe à la Crim' ?

— C'est le métier.

Il y avait une légère nuance de résignation dans sa voix. Nous avions fait le tour de la place d'Italie et passions devant l'immeuble du journal *Le Monde*. Des cégétistes portant brassard faisaient le pied de grue à l'entrée, un calicot indiquait en grandes lettres noires qu'ils avaient voté la grève. Je me suis demandé si la rédaction allait publier un article. Hélène se mit sur la file de gauche pour tourner vers la rue Wurtz. Elle devait commencer à bien connaître le chemin. Elle se gara sur un espace de livraison.

— C'est quand même bizarre…

— Quoi ?

— Que l'assassin vous ait retrouvé au jardin des Plantes.

— Il suffisait de me suivre.

— À partir de chez vous ? Impossible. Je vais vous dire la vérité : on est deux équipes à se relayer devant votre porte, vingt-quatre heures sur vingt-quatre. Si le meurtrier avait pointé ne serait-ce que le bout de son nez, on l'aurait serré.

— Je croyais que c'était le boulot de la Crim' ?

— Disons que je ne cours plus après l'assassin : je vous protège.

Je restai pensif, observant machinalement un des ouvriers carrossiers qui remettait un rétroviseur en place. Ils squattaient tout un bout de la rue pour leur petite entreprise. Je connaissais cet ouvrier ; dès qu'il avait quitté sa cote, le soir, il allait s'arsouiller au tabac du coin.

— Peut-être qu'il m'attendait au laboratoire ? Il devait se douter que j'allais chercher à revoir Lisa…

— Il est fortiche.

— C'est ce que vous aviez l'air de dire.

Hélène hocha la tête et se pencha par-dessus le dossier de son siège. Dans le geste qu'elle fit, ses cheveux bouclés m'effleurèrent, et je respirai quelques secondes un parfum frais de savon, un parfum de jeune fille. Elle attrapa un objet noir sur le siège arrière et le posa sur mes genoux.

— Chose promise…

C'était mon répondeur.

— Vous avez tout écouté ?

— Moi, non. Les gars du labo ont enregistré l'appel de Clara. Le reste ne les intéressait pas beaucoup.

Je me sentis rougir, c'était idiot. Je la remerciai en bafouillant et ouvris ma portière.

— Faites attention à vous. Et vous n'êtes pas supposé savoir que nous sommes en planque dans la rue.

— Bien entendu. C'est quand même gentil.

— La gentillesse n'a rien à voir là-dedans.

J'ai essayé de mettre de la tendresse et du désir dans mes yeux. Ça n'a pas eu l'air de l'affoler. Elle me fit un petit signe de la main, je refermai la portière, elle démarra et disparut dans le flot de circulation de la rue de Tolbiac. Je regardai autour de moi pour tenter de repérer ses collègues, mais à part une camionnette aux vitres opaques, je ne vis rien de suspect. Mon répondeur sous le bras, je pénétrai dans l'immeuble en même temps que Mme Novelas. Elle rentrait du bureau dans son indémodable tailleur.

L'assassinat de Clara l'avait plongée dans un profond désarroi.

— Quelle histoire ! Quelle histoire horrible !

Elle ouvrit sa boîte aux lettres et en retira un portrait-robot qu'elle examina avec une petite grimace.

— Vous ne l'avez jamais vu par ici ?

— Non, et je ne préfère pas.

Nous attendîmes ensemble l'ascenseur. Je devais entrer le premier et aller au fond, car elle descendait un étage avant moi. Elle observa la porte de Clara puis se tourna vers moi.

— Vous pensez qu'ils vont l'attraper ?

— C'est une question d'heures.

— Ah bon ? Vous êtes sûr ?

L'arrivée de l'ascenseur me dispensa de répondre. Je me calai au fond, tout contre le miroir. Mme Novelas se mit près de moi mais sans me toucher et appuya sur le bouton numéro cinq. Nous étions trop proches l'un de l'autre pour continuer la conversation. Je passai le petit voyage vertical à contempler un chewing-gum collé dans l'angle supérieur droit de la cabine. Il y eut le tremblement caractéristique de l'arrivée au cinquième. En ouvrant la porte, Mme Novelas suggéra qu'on appelle l'entreprise d'entretien, cette vibration était inquiétante. Je m'étais laissé élire au conseil syndical de l'immeuble à la dernière assemblée générale, cette démarche me revenait donc. Je relevai le numéro de téléphone de la société d'ascensoristes et quittai moi aussi la cabine : autant monter le dernier étage à pied, stratégie qui surprendrait forcément l'assassin. Mme Novelas, qui avait déjà mis sa clef dans la serrure, me regarda avec surprise.

— Il faut varier les plaisirs. Je vais au sixième à pied.

— Ah oui, très bien, dit-elle, pas vraiment rassurée.

Elle se dépêcha de rentrer et j'entendis son verrou se fermer à double tour. Je montai la dernière volée de marches, rien à signaler à mon étage. Mais, au moment où j'allais ouvrir ma porte, je surpris des éclats de voix provenant de l'appartement des filles. Aliénor faisait une scène à Justine.

— Si tu crois que je ne t'ai pas vue avec l'infirmière. T'as envie de te la faire, hein ?

— Dis pas n'importe quoi ! Avec la gueule que j'ai à cause de l'autre abruti, j'ai qu'une envie, rester à la maison et que personne ne me voie.

— Je vais te croire !

C'est encore plus désagréable d'être traité d'abruti quand on est absent, par contumace en quelque sorte. Il y avait là comme une sincérité supplémentaire qui m'alla droit au cœur. Le plus triste, c'est qu'Aliénor Brichon avait raison, je m'étais comporté comme un parfait crétin durant les dernières quarante-huit heures.

En retrouvant le décor familier de mon appartement, je décidai de réagir et de me comporter avec courage et dignité. Comme le chante Neil Diamond : « *It's time to act like a man.* » Je me laissai tomber sur le tabouret de piano et me lançai dans la fugue en *sol* mineur du *Clavier bien tempéré*. Je la jouais très lentement, il fallait constamment faire passer une voix d'une main à l'autre, c'était aussi difficile que de jongler avec des balles. J'abandonnai au bas de la première page, alors que le morceau modulait en *si* bémol. Il fallait être paisible et habité pour jouer Bach, je n'étais ni l'un ni l'autre. Je m'assis sur mon lit et me mis à feuilleter un de mes albums de photos. J'en étais resté à l'argentique et j'allais toujours faire tirer mes planches-contact chez un vieux Chinois de l'avenue des Gobelins. Je contemplai les visages charmants de femmes que j'avais aimées, et qui m'avaient aimé. Pourquoi n'avais-je pas su rester avec elles ? Pourquoi toujours avoir fui l'amour ? Saurais-je aimer Sophie alors même qu'Hélène m'avait chaviré le cœur ? Je rebranchai mon répondeur puis appelai la société de maintenance de l'ascenseur, ils promirent d'envoyer quelqu'un. Bien. Il était temps de me faire un thé. *Thé comme Thierry*, me disais-je toujours. *Et Thierry comme théière*. Je choisis un sachet de thé vert biologique parfumé à la mûre. Tout en versant l'eau dans la bouilloire, je me rappelais la théière brisée dans l'atelier de Jeanne la peintre, et comment cet accident avait marqué la fin de notre histoire. Je jetai un coup d'œil aux chiffres digitaux du four, l'après-midi était bien avancé, il allait falloir penser à me préparer pour l'émission de télévision. Le téléphone sonna, c'était Sophie. Je lui répondis tout en sirotant mon thé.

— Comment vas-tu, mon chéri chéri ?

— Écoute, Sophie, je t'en supplie, si tu commences comme ça, moi, j'arrête tout de suite.

— Excuse-moi.

Sophie n'était pas contrariante, et elle m'aimait avec une constance admirable qui ne laissait pas de m'impressionner. Elle ne fit aucune allusion à notre dernière conversation qui s'était terminée plutôt froidement.

— Tu veux qu'on skype ?

— Non, pas maintenant, je vais à une émission de télé.

— Tu vas faire quoi ? C'est quelle émission ?

J'ai dû tout lui raconter en détail, elle réclamait toujours la même précision scientifique, que ce fût pour exposer notre programme de la journée ou pour lui relater un incident de machine à laver. Elle parut enthousiasmée par mon apparition dans le rôle du tourneur de roue de la chance.

— Tu vas peut-être gagner un million ?

— Ou peut-être beaucoup moins.

— Tu m'inviteras à dîner ?

— Avec plaisir. Viande ou poisson ?

— Charcuterie de pays et petits légumes. Avec un vin d'Espagne, bien sombre et parfumé.

— C'est d'accord.

— Tu as envie de moi ?

— Ça m'arrive.

— Viens me voir. Tu me manques.

J'aimais bien aller chez Sophie, dans sa petite maison anglaise et dans son grand lit blanc.

Je lui promis une visite dans pas trop longtemps et lui détaillai ma tenue pour l'émission de télé. Elle corrigea la couleur de ma chemise, me conseillant un gris élégant et discret au lieu d'un blanc trop « nouveau philosophe ». Je l'embrassai et raccrochai. Tout en choisissant mon plus beau jean et en remerciant *in petto* Paula d'avoir repassé ma chemise grise, je me remémorai toute l'affaire. Clara, l'adorable Clara qui vendait ses charmes pour payer ses études, avait été tuée par un professionnel qui s'obstinait à vouloir me tuer moi aussi, simplement parce que je l'avais vu. Or ce type n'était pas répertorié dans les fichiers de la police, il travaillait donc pour quelqu'un d'important qui ne voulait laisser aucune piste derrière lui. Est-ce que c'était un client de Clara ? Et comment le tueur arrivait-il à me retrouver si facilement ? Y avait-il des complicités dans la police, par exemple à la brigade criminelle ? Si tel était le cas, Clara avait dû mettre malgré elle le doigt dans une affaire énorme. Ce fut en enfilant ma ceinture dans les passants du jean qu'une incohérence me frappa. Lisa terminait un diplôme de troisième cycle en neurosciences et ne paraissait pas avoir de problème d'argent. À l'inverse, sa sœur Clara faisait des passes chez elle pour se payer ses études. Pourtant, leur père était un grand ponte de la médecine, un biologiste réputé. Pourquoi l'une des sœurs acceptait, semblait-il, les subsides des parents quand l'autre préférait se débrouiller seule, quitte à se prostituer ? Avait-elle été en quelque sorte répudiée, reniée ? Cela expliquait-il la discrétion que Clara entretenait vis-à-vis de sa famille ? Elle m'avait peu parlé de Lisa, et quasiment pas de ses parents. Quand elle m'avait appris que son père était biologiste, j'avais senti comme un malaise, et je n'avais posé aucune question à leur sujet. Pourquoi les détails de notre conversation me revenaient-ils seulement à ce moment précis ? Portais-je alors le même blue jean, ou la même chemise grise ? L'après-midi finissant diffusait-il ce jour-là la même luminosité dans la pièce que nous occupions ? Je n'en savais rien, mais la phrase de Clara résonnait à nouveau dans ma tête : « Il y a des choses que je ne peux pas supporter chez mon père, et comme ma mère reste solidaire avec lui, j'ai préféré ne plus les voir. » Puis elle avait souri tristement, et elle avait ajouté : « Si nous parlions d'autre chose ? »

Je composai le numéro d'Hélène, une fois de plus. Je tenais à lui rapporter ce bout de discussion avec Clara. Elle m'écouta sans réagir.

— Les parents, vous les avez interrogés ?

— Demandez à la Crim'. Mais, d'après ce que j'ai compris, le père a des relations, on ne va pas trop l'embêter, surtout dans ces circonstances. Et je ne pense pas qu'ils s'étendent sur un différend avec leur fille, maintenant qu'elle est morte. Votre répondeur fonctionne correctement ?

— Je n'en sais rien. Appelez-moi ce soir, je sors. Vous verrez bien.

— S'il y a un problème, vous pouvez toujours faire une réclamation auprès de nos services.

— Formidable. Quand cette affaire sera terminée, je pourrai vous inviter à dîner ?

— Il y a des affaires qui ne se terminent jamais.

— Vous finissez bien par classer le dossier ?

— Ça peut prendre des années.

— OK, c'est un peu tôt pour réserver.

Elle étouffa un petit rire, me demanda d'être prudent et raccrocha. Je venais d'inviter deux femmes à dîner en moins d'un quart d'heure. Je n'étais pas content de moi.

Je me suis offert un taxi pour aller dans le 11e. Bien entendu, j'ai regardé par la vitre arrière pour vérifier si on me suivait. J'ai repéré pas moins de cinq voitures suspectes. Le chauffeur a commencé à s'inquiéter de me voir m'agiter sur mon siège, il m'a demandé si quelque chose n'allait pas.

— Non, non, tout va bien. Je vais à une émission de télévision, ça doit me rendre nerveux.

— Ah bon ? Laquelle ?

— Celle où on peut devenir riche en faisant tourner une grande roue de loterie.

— Je connais pas. En fait, je regarde pas la télé. Quand je rentre chez moi, je fais des puzzles. Mais des grands : mille, deux mille pièces.

— C'est épatant, dites donc. C'est dur quand il y a du ciel bleu, non ?

— Faut être méthodique. Et observateur. Ça sert à rien d'essayer toutes les pièces les unes après les autres. Regarder avant d'agir, c'est ça le principe.

Je l'écoutais d'une oreille distraite pendant qu'il me détaillait les difficultés qu'il avait rencontrées avec la reconstitution d'un combat naval du XVIIIe siècle. Ça m'a détendu, et j'étais d'excellente humeur lorsqu'il m'a déposé à l'entrée d'une petite impasse près de la place Voltaire. Au fond, un ancien atelier avait été transformé en studio. Deux petits projecteurs éclairaient la porte blindée. Je sonnai, elle s'ouvrit, j'entrai. Le couloir était recouvert d'affiches publicitaires au design plutôt soigné. Au bout, derrière un bureau laqué en noir, une ravissante créature me demanda ma carte d'identité. Elle surligna mon nom sur une liste, je n'étais pas le premier arrivé.

— Asseyez-vous une seconde, l'assistante va venir vous chercher.

Je m'enfonçai dans un divan profond comme un tombeau et attrapai du bout des doigts une revue luxueuse qui montrait des villas italiennes tellement bien décorées que ça en devenait décourageant. Je rêvassais devant un panorama de mer idyllique photographié à travers de somptueuses arcades quand l'assistante arriva. Elle était brune et speed, et sa peau couperosée dénotait un alcoolisme précoce.

— Thierry Mellec ?

— C'est moi, répondis-je en m'extrayant difficilement du fauteuil.

— Suivez-moi, je vous emmène au maquillage.

— Au maquillage ? C'est obligatoire ?

— C'est mieux.

Je la suivis donc à travers une enfilade de couloirs et de bureaux de production, jusqu'à ce que nous arrivions à la porte « Loges ». Deux maquilleuses replètes s'affairaient autour de deux personnes que je voyais de dos. En m'approchant, je découvris dans les miroirs entourés d'ampoules illuminées leurs visages grimaçant au fur et à mesure des coups d'éponge qui les balafraient de fond de teint. Il y avait un type mince en chemise blanche et cravate, laquelle était desserrée pour laisser le col ouvert et la maquilleuse opérer à l'aise. Il avait posé sa veste bleu pétrole sur le dossier d'une chaise. Il lorgnait du mieux qu'il pouvait sur le décolleté de la jeune femme qui s'efforçait de lui effacer ses cicatrices de varicelle. Sur l'autre fauteuil, une énorme femme en T-shirt turquoise rehaussé de paillettes argentées formant le mot « Love » riait nerveusement des blagues de son alter ego.

— ... alors le roi nègre hoche la tête et dit : « D'accord, tu seras brûlé, mais d'abord goulou goulou ! »

La grosse se mit à hoqueter de rire, la maquilleuse qui s'occupait d'elle dut s'écarter en levant son éponge. Elle semblait fatiguée. L'assistante se tourna vers moi.

— Ce sont les autres candidats qui seront filmés ce soir. On en attend encore une.

Elle m'indiqua une chaise dans un coin de la pièce et disparut. J'avais compris que je n'étais pas à France Culture. Je m'assis tandis que le boute-en-train démarrait une nouvelle histoire. Je l'interrompis.

— Je la connais déjà.

— Vous peut-être, mais madame…

— Vous avez gratté un ticket gagnant, vous aussi ?

— Ouais, et ce n'est pas la première fois que j'ai de la chance. C'est comme ça. L'autre jour, je remplis un billet de tombola, la tombola de l'école de mes gosses, vous le croirez pas, c'est moi qui gagne le gros lot !

— C'était quoi ? demanda sa voisine obèse, alléchée.

— Un dictionnaire encyclopédique. L'école, c'est l'école !

— Ça peut toujours servir pour les mots croisés, commenta la grosse.

— Ou pour caler une armoire ! rigola le type.

La maquilleuse en avait fini avec lui, elle lui donna un rapide coup de peigne, il se leva, resserra col et cravate, enfila sa veste et me remplaça sur la chaise. Je m'installai devant la glace. La lumière me faisait un teint affreux.

— Vous avez des allergies ?

— Oui, à la bêtise.

— Je ne m'intéresse qu'à ce qui concerne la peau.

— Dans ce cas, vous pouvez y aller.

Elle me fourra un mouchoir en papier autour de cou et se mit à l'ouvrage. Je sentis la fraîcheur du fond de teint puis, au fur et à mesure que mon visage en était recouvert, une gêne persistante. Je plissai les yeux.

— Vous verrez, on s'habitue vite.

— Et pour se démaquiller ?

— Nous ne serons sans doute plus là. On vous laisse une bouteille de lait et des cotons.

— Vous ne faites pas d'heures supplémentaires, vous ! remarqua le joyeux drille.

— À trois cents pour cent l'heure supplémentaire de nuit, la production n'a pas les moyens.

Je pensai au film que je voulais tourner l'été prochain et aux fins de journée difficiles, quand il manque juste un plan et qu'il faut dépasser l'horaire prévu.

— Fermez les yeux.

La maquilleuse passa l'éponge sur mes paupières, donna un coup sur mes oreilles, regarda dans le miroir et, satisfaite de son travail, me libéra. Au même moment, l'assistante faisait entrer la dernière candidate, une jeune femme rougissante et maigre qui s'excusa presque en s'installant sur le fauteuil.

— J'ai demandé à ma sœur de venir à ma place, mais elle n'a pas voulu.

— C'est très bien, elle a eu raison, comme ça on fait connaissance, conclut l'impayable.

Je me faufilai jusqu'à une machine à café et optai pour un chocolat « goût fort en cacao » cent pour cent chimique. Mon gobelet fumant à la main, je me lançai dans l'exploration des couloirs voisins. Des couinements bizarres sortaient d'une porte ouverte. Je passai la tête. Dans une pénombre éclairée par des écrans de télévision et la petite lumière d'une console de montage, une rousse en sweat-shirt faisait défiler en avant et en arrière les enregistrements d'une émission médicale. Il s'agissait de psoriasis. La fille avait du talent et, petit à petit, son montage parvenait à rendre intéressante une maladie de peau. Impressionnant. Dans l'enthousiasme, alors qu'elle cherchait un point d'entrée pour sa prochaine collure, je murmurai :

— Faites le cut ici.

Elle mit la séquence sur pause, se retourna et me regarda. Il m'était déjà arrivé d'avoir l'impression d'être un moins que rien ; là, j'eus le sentiment de ne plus être du tout. J'étais néantisé par ces deux yeux verts qui brillaient dans l'obscurité. Elle dit juste :

— Vous pouvez fermer la porte ?

Je m'exécutai, me brûlai la langue avec la première gorgée de mon infâme chocolat et me retrouvai face à face avec l'assistante qui hurlait dans son talkie :

— Ça y est, je l'ai trouvé, on arrive !

Elle me lança un regard furieux.

— Où vous étiez passé ? On commence dans deux minutes !

Elle m'emmena au pas de course jusqu'à un petit plateau sur lequel était installée la fameuse roue de la fortune dont un huissier vérifiait le bon fonctionnement. En contrebas, masqué par l'éclat trop fort des projecteurs, le public levait vers nous des visages indistincts, comme autant de lunes rondes et pâles dans la nuit audiovisuelle. Une idée soudain me terrifia : et si le tueur était là, tapi sur un des fauteuils ? Il semblait pouvoir me retrouver n'importe où, n'importe quand... Je trébuchai, l'assistante me rattrapa au vol, me poussa en coulisse et me fit asseoir sur une chaise pliante, sous l'œil indifférent du pompier de service. Il y eut quelque part un décompte et, à zéro, la musique du générique retentit. Applaudissements, puis l'entrée du présentateur. Ils avaient mis le paquet. Le type souriait comme pour une pub de dentifrice, il dansait presque dans la lumière des sunlights, se nourrissant de leur éclat comme un vampire du sang de ses victimes. Sa voix modulait d'une façon extraordinaire, passant d'un vibrato chaleureux, empathique, à des aigus menaçants. Il laissait dégouliner sur le public et les candidats un mépris formidable, ce type avait du métier. Le premier à passer était le comique qui s'essaya à une vanne, ce fut un bide complet. Il donna son prénom : Daniel.

— Et maintenant, Daniel, le moment de vérité, l'heure de la chance, l'heure de la fortune ou de la déception, oui, de la déception, car je vous connais, c'est le maximum que vous voulez, c'est le million qui vous fait rêver, vous avez déjà des projets plein la tête, il vous en faut plus, toujours plus, et nous sommes là pour vous l'offrir !

Subjugué, terrassé, le plaisantin gardait la bouche ouverte, comme un poisson tout juste pêché et balancé sur l'herbe de la rive. En regardant bien, on pouvait voir ses mains trembler.

— Et c'est vous qui allez décider de votre destin, c'est vous, Daniel, qui allez tourner la grande roue de vos rêves !

Musique de circonstance, l'Histoire était en marche. Le Daniel, qui n'en menait pas large, s'avança, posa la main sur la poignée et, d'un coup sec, imprima à la roue un mouvement de rotation. Les chiffres défilaient sous le cliquet de la chance : 20 000, 50 000, 100 000, 200 000… Le million passa une première fois puis s'éloigna avant de remonter inexorablement. Un moment, on crut que la roue allait désigner le gros lot, mais il y eut un clic, puis un autre, puis un dernier…

— Eh bien Daniel, bravo, puisque vous venez de remporter la somme importante de cinquante mille euros, on l'applaudit bien fort !

Applaudissements, tête du Daniel entre le rire et les larmes, sourire carnassier du présentateur.

— Alors, Daniel, qu'allez-vous faire avec ce beau cadeau de la Française des Jeux ?

— Heu… Je crois que je vais faire refaire mon toit.

— Son toit ! Toit et moi ! Quelle merveilleuse idée, consolider le petit nid familial, Daniel, encore bravo !

Il jeta un coup d'œil à une grosse pendule fixée sur le côté de la scène, il était temps de passer à la candidate suivante. La grosse ne fit pas d'histoires, répondit par oui et par non aux questions du présentateur, tint quand même à saluer ses parents qui étaient certainement en train de la regarder (elle n'avait pas bien saisi le système du différé) et empocha cent mille euros sous les vivats du public. C'était à moi de tourner la roue. L'assistante me poussa sur la scène, le présentateur me toisa puis me prit par le bras en souriant. Applaudissements. Je fus saisi d'angoisse à l'idée que le tueur était certainement là et que, dans l'ombre de son fauteuil, il était en train de visser soigneusement le silencieux de son pistolet automatique. Est-ce que ça faisait mal de recevoir une balle ? Ou juste un choc anesthésiant, du sang au bout des doigts, surprise de se sentir mourir, tout tournait et je m'écroulais au pied de la roue de la fortune tandis que des cris hystériques fusaient tout autour ? Je balbutiai mon prénom, l'homme au micro se jeta dessus comme un chien sur un os.

— Thierry ! Thierry la Fronde ! Thierry Le Luron ! Eh bien, Thierry, la chance vous sourit aujourd'hui de toutes ses dents et de tous ses millions ! À vous de jouer, Thierry, à vous de faire tourner la chance en votre faveur !

Il m'approcha de la roue qui scintillait de tous ses chiffres. J'attrapai un levier fixé à l'arrière et poussai de toutes mes forces. Je me fis mal au doigt, la roue démarra sa danse multicolore au son de la musique du destin composée par un tâcheron de la télévision. Au lieu de regar jetais des regards affolés vers l'obscurité menaçante du public. La lumière va plus vite que la balle et que le son, je verrais donc sans doute la petite flamme de la détonation une fraction de seconde avant d'en recevoir le choc. Fin de la musique, mine grave du présentateur.

— Thierry… Thierry… Le sort en est jeté, il ne vous a pas été complètement favorable, puisque vous ne repartez qu'avec vingt-mille euros, mais c'est tout de même une belle somme et, sans indiscrétion, avez-vous pensé à l'emploi que vous allez faire de tout cet argent ?

— Je… je vais m'acheter un gilet pare-balles.

Une demi-seconde d'effarement sur le visage de l'animateur, puis large sourire et éclat de rire complice.

— Prudent, n'est-ce pas, Thierry ? Mais nous ne sommes pas au Far West, c'est un chèque à votre nom que vous recevrez et que vous irez tranquillement porter à votre banque ! On l'applaudit bien fort !

Crépitements dans la salle. Je courus plus que je ne marchai jusque dans les coulisses. L'assistante me glissa à l'oreille :

— Vous savez retourner aux loges ? Pour vous démaquiller…

— Oui, ça ira.

Mais quand je me suis retrouvé tout seul dans le couloir, avec les applaudissements qui s'éloignaient derrière la double porte surmontée d'une lumière rouge, je me suis dit que j'aurais dû demander à la fille de m'accompagner. Tout devenait sinistre et, bien sûr, je me suis perdu.

Soudain, une main s'est posée sur mon épaule, j'ai fait un bond.

— Vous êtes un grand nerveux, vous.

C'était le rigolo en bleu pétrole qui voulait refaire son toit.

— Vous aviez le trac, hein ?

— Vous savez où sont les loges ? Le maquillage ?

— Le DÉmaquillage, cher collègue. Premier couloir à gauche, deuxième à droite. Elle était mignonne, la petite maquilleuse, hein ?

— Laquelle ?

— La rouquine.

— Oui, c'est un genre…

— Justement, c'est le mien.

Gros rire, puis il redevint sérieux.

— Au fait, vous repartez avec combien ?

— Vingt mille.

— Ouais… On va pas pleurer quand même… Allez, à la revoyure !

Il me fit un salut militaire et se dépêcha vers la sortie. J'allai au bout du couloir, tournai à gauche et reconnus la porte des loges. Elle était entrebâillée, l'intérieur était éclairé, et un haut-parleur renvoyait le son du plateau.

— Et que fait-elle dans la vie, Coralie ?

— Je travaille dans une banque.

— Eh bien vous saurez où mettre votre argent ! (rires)

Il n'y avait personne dans la loge. J'ouvris mon col et me dirigeai vers un des fauteuils. Mon cœur s'arrêta quand je le vis pivoter : le tueur était assis devant moi et me regardait d'un air satisfait.

— Fermez la porte, murmura-t-il. Et n'essayez pas de fuir.

Il avait une voix métallique, un peu aiguë, une voix qui ne lui allait pas. Je fermai la porte.

— Il n'y a pas de verrou...

— Ce n'est pas grave. Nous n'en avons pas pour longtemps.

Il sortit un pistolet d'un holster d'aisselle et se mit à visser un silencieux sur le canon.

— *Coralie ! Coralie ! J'ai l'impression que... MAIS OUI ! VOUS AVEZ GAGNÉ LE MILLION ! LE GROS LOT DE LA FRANÇAISE DES JEUX !*

— Il y en a qui ont de la chance, commenta l'assassin en vérifiant son arme.

— *Mais que se passe-t-il ? Coralie ! Mon Dieu, elle s'est évanouie ! Y a-t-il un pompier ? Un médecin dans la salle ? Je pense que ce n'est pas grave, c'est l'émotion, trop de bonheur pour Coralie !*

Des pas pressés résonnèrent alors dans le couloir et, au moment même où le meurtrier de Clara pointait son arme sur moi, la porte de la loge fut poussée avec force. Je la reçus dans le dos et le choc me projeta contre le mur. À la même seconde, la grosse candidate au T-shirt « Love » recevait en pleine poitrine une balle mortelle. Elle pivota sur elle-même et me tomba dans les bras. M'en servant comme bouclier, je reculai jusqu'au couloir. Je sentis avec horreur l'impact de deux nouvelles balles que son corps épais avait bloquées. Je mis fin brutalement à cette danse macabre en repoussant le corps inanimé à l'intérieur de la loge. En deux secondes, j'étais au bout du couloir, puis j'ai battu mon record du vingt-cinq mètres pour arriver sain et sauf jusqu'à la réception. Le comptoir était vide. J'actionnai le système d'ouverture qui grésilla, je poussai la porte en fer et me retrouvai dans l'impasse à peine éclairée par les lumières des appartements. Je débouchai dans la rue de la Roquette. Une voiture freina en catastrophe et s'immobilisa devant moi. Le conducteur ouvrit la portière passager.

— Montez !

Je fus stupéfait de reconnaître Lisa. J'étais incapable de faire un geste, trop de questions se bousculaient dans ma tête.

— Allez, montez, bon sang ! Vous voulez attendre de vous faire tuer ?

Je n'avais pas le choix : cette fille était en train de me sauver la vie. Je sautai sur le siège et refermai la portière tandis que la petite Twingo démarrait en trombe, grillant un feu rouge. Une minute trente plus tard, nous étions place de la Bastille.

— Vous m'emmenez où ?

— Je peux vous faire la surprise ?

Je la regardai. Une moto nous croisa, le phare alluma dans ses yeux un éclat malicieux. Le feu passa au rouge, elle m'attira vers elle, mit sa main sur ma nuque et appliqua mes lèvres sur les siennes. Je n'avais jamais connu une douceur pareille. Le feu passa au vert, elle me repoussa doucement.

— Vous devriez attacher votre ceinture de sécurité.

9

Le vieux manoir

Nous traversâmes la Seine sur le pont d'Austerlitz. Une superbe bataille napoléonienne que, chaque année, les élèves de Saint-Cyr Coëtquidan remettent en scène. Un bateau-mouche ramenait ses touristes vers la tour Eiffel. Sans que je sache pourquoi me sont revenues en mémoire les virées avec mon père au cinéma de Coëtquidan. Il avait des entrées gratuites, on allait voir les James Bond, avec Sean Connery. On s'arrêtait devant une barrière qu'un planton levait pour nous laisser passer. On s'aimait bien, à cette époque, mon père et moi. Et puis il s'est mis à la navigation de plaisance, et moi à la psychologie. Les phares du bateau-mouche illuminèrent les piliers d'un pont. Nous tournâmes devant les grilles du jardin des Plantes et remontâmes le boulevard de l'Hôpital. Une quinzaine de voitures de flics étaient garées le long du trottoir. Je pensai à Hélène, j'aurais dû l'avertir que le tueur était encore à mes trousses. Je me tournai vers Lisa, je la voyais de profil, appliquée à conduire. Elle était craquante.

— Vous allez peut-être me donner quelques explications ?

— Lesquelles ?

— Qu'est-ce que vous faisiez là, précisément au bon moment ?

— Je savais que vous aviez gagné à la loterie, vous me l'avez dit au laboratoire. J'ai appelé la Française des Jeux et je me suis mêlée au public de l'émission. Facile.

— Vous avez un faible pour le présentateur ?

— Non, c'est vous que je voulais revoir.

Mon cœur sauta dans ma poitrine, cette fille délicieuse avait décidé de me consacrer sa soirée.

— Vous savez que j'étais coursé par l'assassin de Clara ?

Elle me jeta un bref coup d'œil et retourna à sa conduite. Nous arrivions place d'Italie.

— Encore ? Alors il ne vous lâche pas ?

Elle regarda dans son rétroviseur.

— Cette fois, je crois que nous l'avons semé.

— J'espère. On approche de chez moi. En fait, vous me raccompagnez ?

— Pas vraiment. On va un peu plus loin.

— Un peu ou beaucoup ?

— Vous verrez bien. Vous me faites confiance ?

— Avec vous, je veux bien aller beaucoup plus loin.

Je posai la main sur sa cuisse. Elle tressaillit.

— Nous ferons l'amour tout à l'heure.

— C'est vrai ?

— En attendant, enlevez votre main, j'ai besoin de me concentrer pour conduire la nuit.

Elle était directe, j'aimais bien, et en même temps ça m'intimidait. Mon cœur continuait à gambader comme un chien fou. C'était la première fois que je me faisais draguer aussi effrontément par une jeune femme. À Denfert, elle a pris vers porte d'Orléans.

— On quitte Paris ?

— Ça vous fait de la peine ?

— Avec vous, j'irais au bout du monde.

Elle fit une petite grimace déçue.

— Je suppose que les bonnes répliques, vous les gardez pour vos scénarios ?

— Exact. D'ailleurs, je suis en train d'apprendre le langage des tortues.

Là, elle rigola. Ouf ! Quand, après le péage, la voiture eut pris sa vitesse de croisière, ce fut elle qui posa sa main sur ma cuisse. Elle me demanda de mettre un CD dans le lecteur, il y en avait dans la boîte à gants. À moi de choisir. Un vieil album de Leonard Cohen me tomba sous la main, je glissai la petite galette numérique dans la fente du tableau de bord. L'histoire d'Isaac, que son père est prêt à sacrifier à son Dieu.

You who stand above them now
Your hatchets blunt and bloody…

La voix grave, fatiguée, du *traveller* mystique et désabusé s'est mise à tourner dans la voiture, et ce qu'elle disait me parlait de ce que j'étais en train de vivre, mais je ne le savais pas encore.

Un bout de nuit a défilé le long des rails de sécurité. Nous dépassâmes Fontainebleau. Lisa ne disait plus rien et je restais silencieux moi aussi. Elle écoutait peut-être la musique et je n'osais pas la déranger. Je me demandais avec angoisse si j'allais être à la hauteur de ce nouvel amour : Lisa m'avait sauvé la vie, elle m'emmenait sans me demander mon avis, en pleine nuit, dans un lieu inconnu en m'annonçant qu'on allait faire l'amour, le tout après m'avoir embrassé sur la bouche... Je regrettais de ne pas lui avoir caressé la poitrine. La douce rondeur de ses seins sous un petit pull de laine, même barrée par la ceinture de sécurité, me bouleversait. Comme si elle lisait dans mes pensées, elle se tourna vers moi.

— Ça va ?

— C'est encore loin ?

— Vous êtes un enfant ; à peine parti, vous voudriez déjà être arrivé.

— Vous venez de mettre le doigt sur la problématique essentielle de mon existence. Vous connaissez le conte de la bobine du fil de la vie ?

— Oui, la princesse qui découvre une bobine sur laquelle est enroulé le fil de sa vie, et comme elle est impatiente d'aller au bal, puis de se marier, puis d'avoir un enfant, puis de devenir la reine, etc., elle coupe le fil par petits morceaux, et bientôt il ne reste presque plus rien et elle est déjà vieille...

— Voilà, c'est pour ça que je m'accroche aux philosophies orientales, les philosophies de l'éternel présent.

— Et ça marche ?

— Couci-couça... Dites-moi, vous avez une idée de... Enfin... Pour Clara, il y aura une cérémonie ?

— Bien sûr, dès que nous aurons récupéré le corps.

— Vous me préviendrez ? J'aimerais assister à son enterrement.

— Elle sera incinérée. Je vous préviendrai.

Il y eut un silence, Cohen chantait toujours.

So long, Marianne...

Le tic-tac du clignotant m'alerta. Un panneau de sortie indiquait *La Charité-sur-Loire*. Je n'avais jamais mis les pieds dans ce coin-là.

— Vous connaissez ? me demanda Lisa.

— Pas du tout. C'est joli ?

— C'est calme. Surtout la campagne.

Nous suivîmes de petites routes bordées de talus (les paysans n'avaient pas encore tout démoli dans le secteur), ralentissant parfois pour la traversée d'un village. La lueur des phares accrochait quelques panneaux, la devanture d'un vieux café fermé, le parvis d'une modeste église... Le CD s'arrêta.

— J'en mets un autre ?

— On arrive.

Nous tournâmes brusquement à droite, une allée se dessinait au milieu des tilleuls. Enfin, nous débouchâmes sur une plate-forme gravillonnée longeant des écuries et une vaste grange. Lisa stoppa la voiture, les phares éclairèrent quelques secondes un vieux pan de mur puis s'éteignirent.

— Alors c'est là ?

Elle déboucla sa ceinture, se pencha vers moi, effleura mes lèvres et me glissa à l'oreille :

— Sortez de la voiture et regardez sur votre gauche.

La nuit était glaciale. Je frissonnai, respirai à fond et jetai un coup d'œil par-dessus le toit de la Twingo. Une forme à la géométrie complexe découpait ses quadrilatères inégaux sur le gris de la nuit.

— Il y a une autre maison ?

— « Maison » est un terme vague. Mes parents habitent en principe un manoir du XVe siècle.

Elle avait fermé les portières à clef et se dirigeait vers un mur que je devinais à peine, en contrebas de l'impressionnante bâtisse.

— Nous sommes chez vos parents ?

— Ils passent la semaine chez des amis. Seize pièces pour nous tout seuls, ça vous ira ?

Elle poussa une vieille porte en fer dont l'arrondi découvrit une cour aux dalles irrégulières qu'argentait un reflet de lune. Sur notre gauche, un muret protégeait un jardin, avec, plus loin, la courbe douce d'une petite abside, la chapelle du château. Car il s'agissait bien d'un château : devant moi se dressait une tour à pans coupés, percée d'une haute fenêtre à croisillons. La roche blanche dans laquelle étaient taillées les pierres donnait à l'ensemble une allure féérique. Je pensais à l'arrivée des *Visiteurs du soir* dans le film de Carné. « C'est si simple, les échecs ! » disait Berri-Le Diable. Il déplaçait une pièce et s'écriait : « Échec et mat ! » Lisa ouvrit avec une clef la porte en bois d'un corps de bâtiment sur notre droite. Elle alluma un plafonnier, nous étions dans une grande cuisine traversant le rez-de-chaussée de part en part. Au centre, une longue table en bois semblait attendre le prochain dîner. Tout autour, des chaises en fer. À droite en entrant, une gigantesque cheminée devant laquelle Lisa s'activa. Elle craqua une allumette et, une minute plus tard, un feu crépitait joyeusement. De vieux placards de bois étaient accrochés aux murs tout autour, et dans le coin opposé à l'entrée une splendide cuisinière à six feux invitait à la gastronomie.

— Vous avez faim ? Soif ? Un alcool ?

— Un verre de vin rouge me ferait bien plaisir.

— Je vais chercher une bouteille.

Elle disparut dans la pièce voisine. Je m'approchai d'une fenêtre. Malgré les reflets du feu, on pouvait deviner une grande prairie et, plus loin, la cime des arbres. Une étoile fila du côté de la Grande Ourse. Je fis le vœu de passer ma plus belle nuit d'amour avec Lisa. Le souvenir de Sophie me rattrapa, et je décidai ce soir-là que je ne l'aimais pas. J'allais me rapprocher du feu quand une lumière de phares vint balayer la pelouse. Nous avions des visiteurs. Les parents de Lisa s'étaient peut-être fâchés avec leurs amis.

— Lisa !

Je passai à mon tour dans la pièce voisine, un immense salon où deux larges canapés mis dos à dos délimitaient d'un côté un coin télévision, de l'autre un espace de rêverie devant une cheminée surmontée d'un blason. Je me rappelai mon travail de guide à Josselin, et je me récitai en le détaillant : « Parti de gueules à trois mâcles d'or et d'argent au lion de sable, au chef d'azur à trois fleurs de lys d'or. » Lisa n'était pas là.

— Lisa ! Il y a du monde qui arrive !

Une large porte en bois s'ouvrait à l'autre bout du salon. J'actionnai le loquet, la poussai et me retrouvai dans une haute antichambre qui donnait d'un côté sur un cabinet de travail, et de l'autre sur un splendide escalier à vis montant vers les étages. Une lumière tamisée creusait des niches mystérieuses dans les parois rondes. Je gravis les premières marches et j'éprouvais une émotion réelle à me retrouver dans un lieu chargé de tant d'histoire. Je passais le bout des doigts sur les murs et toutes mes batailles de l'enfance me revenaient en foule ; quand, sur le tapis de ma chambre, le chevalier noir se heurtait à l'implacable défense de Lancelot, posté sur les remparts de mon château fort en contreplaqué. Lisa sortit d'un passage au premier étage et demeura immobile au-dessus de moi. De toute évidence, elle n'avait pas trouvé de bouteille de vin. Son expression avait changé, elle avait perdu toute douceur pour prendre, au-delà de la dureté, une effrayante indifférence. C'était comme si, pour cette belle jeune femme, je n'existais déjà plus. Une vague d'angoisse me submergea. Les événements des derniers jours s'ordonnèrent en prenant la couleur blafarde du désastre. Une porte claqua en bas, des pas derrière moi montèrent dans l'escalier. La minuterie s'éteignit, la lune découpa un carré blanc dans la torsade du pilier central. Je distinguai deux ombres en contrebas. Lisa ralluma la minuterie. Un grand homme maigre vêtu d'un long manteau gris me fixait. Deux marches derrière lui, l'assassin de Clara me souriait.

J'étais liquéfié. J'avais été piégé par Lisa, pour des raisons que je ne comprenais pas encore. Mon cerveau était parti en démultipliée, alignant dix hypothèses par seconde. La seule chose qui me paraissait raisonnable, c'était que l'homme en manteau gris fût le père de Lisa. Et donc de Clara. Mais qu'est-ce que le tueur faisait à ses côtés ? Je jouai ce que je pensais être ma dernière carte.

— Vous êtes le professeur Gerboise ?

Le grand homme ne dit rien, il continuait à m'observer tel un biologiste examinant le comportement d'un rat de laboratoire. La construction fascinante de *Mon Oncle d'Amérique* me revint en mémoire, avec les explications lumineuses d'Henri Laborit. Je me demandais comment le scénariste qui me servait d'ange gardien allait me tirer de là. Je désignai le meurtrier :

— Professeur, cet homme a tué votre fille Clara !

Voyant que Gerboise ne réagissait pas, je me tournai vers Lisa.

— Le tueur, Lisa, c'est lui ! Appelez la police !

Pas plus que son père, la jeune femme ne bougeait. Au bout de quelques secondes, le professeur ordonna au tueur :

— Emmenez-le dans la bibliothèque.

Terrassé, je vis le criminel s'approcher de moi. Il me prit par le bras, sa main me serrait à me faire mal. Il me fit redescendre jusqu'au rez-de-chaussée et, comme j'étais du côté le plus étroit des marches, je manquai de tomber à plusieurs reprises. La voix de Gerboise était froide, à peine teintée d'un léger accent méridional.

— Lisa, tu nous accompagnes.

Je protestai pour la forme :

— Mais vous êtes fous ! Qu'est-ce qui vous prend ? Vous allez me lâcher tout de suite ! Lisa, je ne comprends pas...

— Taisez-vous, imbécile ! me lança Gerboise.

Malgré l'étreinte sans pitié de mon agresseur, je parvins à me retourner vers Gerboise.

— De quel droit me traitez-vous d'imbécile ? J'aimais beaucoup Clara et...

Une violente poussée me fit m'étaler au centre de la bibliothèque, une pièce confortable aux murs couverts de livres.

— Petit con ! lâcha le tueur.

Je voulus me traîner jusqu'à un canapé, mais il m'immobilisa en posant le pied sur mon dos, me clouant au sol. Gerboise entra à sa suite, puis Lisa qui ferma la porte derrière elle. Mon visage à ras du sol, je pouvais juste apercevoir l'angle du canapé et les flammes qui dansaient dans la cheminée. J'avais du mal à respirer. Lisa s'assit dans un fauteuil, elle portait de jolies ballerines. Gerboise alla fourrager dans le feu. Ils n'allaient pas me torturer ?

— Où est la clef USB ?

— Je l'ai dit à Lisa… Je l'ai confiée à un ami…

C'était donc ça qu'ils cherchaient, cette fichue clef. Mais qu'est-ce qu'il pouvait y avoir dessus ?

— Quel ami ? Il habite où ?

Je n'avais vraiment pas envie de mettre Jean-Philippe dans une situation délicate, ils allaient débarquer chez lui et lui casser ses ordinateurs pour obtenir la clef. Insupportable. J'inventai un faux nom, une fausse adresse, en prétendant que je ne me souvenais pas de son téléphone. Il fallait que je gagne du temps, je trouverais bien un moyen de m'échapper à un moment ou à un autre. Et puis ils ne m'avaient pas fouillé, j'avais toujours mon téléphone portable dans la poche ; un instant d'inattention et j'appellerais Hélène, elle viendrait me sauver, elle avait l'habitude. Comme par un fait exprès, cette machine idiote se mit à sonner.

— Donne ! dit le cerbère.

Je sortis l'appareil de ma poche, il me l'arracha. La sonnerie cessa. Gerboise avait noté mon adresse bidon.

— Lisa, tu vas partir là-bas, trouve le moyen d'entrer et de récupérer la clef…

J'avais pu me redresser un peu et je voyais les belles jambes de Lisa, et au-dessus ses mains qui tripotaient un iPhone.

— J'ai regardé sur Internet… Il n'y a personne de ce nom à l'adresse qu'il a donnée.

Là, Gerboise s'est vraiment énervé.

— Petit connard ! Tu veux faire ton malin ?

— Non, je vous assure… Il doit être sur la liste rouge…

— En tout cas, ce nom-là n'est pas sur le répertoire de son portable, ajouta le meurtrier.

— C'est quand même bizarre, puisque ça a l'air d'être un bon copain… Je crois qu'on va être obligés de te secouer un peu… Lisa, tu n'es pas obligée de rester.

— Je n'ai pas envie de sortir.

Quelle salope ! Elle voulait me voir souffrir. Je commençais à avoir vraiment peur. Ils allaient peut-être me fracturer l'os malaire. Je me souvenais de ma seule et unique année de médecine, et de la fragilité de l'os de la pommette. Et s'ils me cassaient des dents ? J'en aurais pour une fortune à me refaire un sourire. À moins qu'ils ne me brûlent avec le tisonnier ? Le tueur m'attrapa au collet et me projeta dans un fauteuil, me laissant étourdi.

— Maintenant, tu vas arrêter de nous raconter des bobards !

— OK, d'accord… Je vais tout vous dire…

J'essayais désespérément d'inventer un nouveau mensonge quand mon portable, toujours lui, émit le joyeux petit signal indiquant qu'on m'avait laissé un message.

— Lisa, regarde ce que c'est…

Lisa se mit à tripoter mon téléphone.

— Je mets sur haut-parleur.

Je craignais le pire. À cette heure de la nuit, ça ne pouvait pas être ma mère pour me parler de mes slips. Hélène, peut-être ?

Salut Thierry, c'est Jean-Philippe. Qu'est-ce que tu fabriques, espèce d'obsédé ? Tu as encore trouvé une charmante pour réchauffer ton pieu ? Tu aurais mieux fait de rester avec ma frangine. Bon, ça y est, la clef USB m'a gentiment donné son code, et j'ai ouvert le document laissé par ta voisine. Putain, c'est bien craignos ! Le père Gerboise a violé Clara quand elle était ado, et elle s'apprêtait à porter plainte, c'était la dernière année où elle pouvait le faire. Gerboise ne s'est pas arrêté là, il se tape ses étudiantes, c'est un grand classique, mais en plus il leur pique leurs mémoires de thèse pour ses propres articles. D'après Clara, ça fait des années que ça dure. Lui, en fait, il n'a rien découvert depuis pas mal de temps. En plus d'être un pervers, c'est un mytho, genre big imposteur. Passe quand tu veux, la clef est à ta dispo. Une chose encore : c'est pas le père de Clara, c'est son beau-père. Mais à mon avis, ça n'excuse rien. Allez, à plus. Au fait, le code, c'était « tartuffe ».

Une voix de femme-robot se mit à énumérer les options de la messagerie, avec la touche cinq on pouvait rappeler le correspondant.

— Raccroche ! ordonna Gerboise à sa fille.

Il y eut un silence, les paroles de Jean-Philippe avaient laissé dans la pièce un écho sinistre. Mais à part moi, tout le monde paraissait s'en foutre.

— Clara allait vous dénoncer, c'est ça ?

Gerboise réfléchissait. Il regardait Lisa.

— Tu peux rappeler ce Jean-Philippe ?

— Bien sûr, le numéro est mémorisé.

— Dis-lui que tu téléphones de la part de Thierry Mellec, qu'il t'a demandé de passer prendre la clef USB. Prends ta plus jolie voix. Il faut qu'il te donne l'adresse. Sinon, on sera obligé de cogner sur celui-ci.

Celui-ci, c'était moi, et je n'en menais pas large. J'étais toujours avachi dans le fauteuil, je fixai Gerboise. Je revis le sourire de Clara, les reflets blonds de ses cheveux, son regard malicieux, sa timidité quand elle parlait d'elle. J'entendis à nouveau son rire discret qui ponctuait ses descriptions amusées de nos voisins ou des commerçants du quartier.

— Salaud ! C'est pour protéger vos combines minables que vous l'avez tuée ? Et vous ne lui avez jamais demandé pardon ?

C'était sorti tout seul. Cette fois, je pris ma première mandale, un revers de main qui m'éclata la lèvre inférieure. Le goût du sang sous ma langue. Le tueur avait réagi d'instinct. Mais la colère et le dégoût me rendaient insensible, je n'avais pas baissé les yeux. Gerboise me toisait avec mépris.

— Je n'ai jamais voulu la tuer.

Il jeta un regard incendiaire au tueur qui baissa les yeux.

— C'est un accident. Je voulais seulement qu'elle me donne cette clef. On aurait pu s'arranger.

— C'est mal la connaître. Clara aimait la vérité.

— Clara n'aimait rien ni personne ! hurla Gerboise. Elle ne respectait rien !

Il avait bien pété les plombs. J'avais du souci à me faire. Lisa s'était levée et composait un numéro avec mon portable. Elle prit une voix particulièrement sensuelle, je savais que Jean-Philippe n'allait pas résister. Il a tout gobé.

— Vous pouvez me répéter le numéro de la rue ?... Et il y a un code ?... Merci. À tout à l'heure, Jean-Philippe. Je vous ai dérangé bien tard. Qu'est-ce que je peux faire pour me faire pardonner ?...

Elle eut un petit rire délicieux.

— D'accord. Vous aurez vos croissants.

Elle raccrocha.

— Il m'attend demain matin. Avec des croissants.

— On ne peut pas se permettre d'attendre. Voilà encore un travail pour vous, dit-il au tueur. Cette fois-ci, pas de connerie. Contentez-vous de l'assommer et de maquiller tout ça en cambriolage. Et dissimulez-vous, il ne doit pas être capable de vous reconnaître. Pas de témoin.

— Vous n'allez pas... Ça ne vous suffit pas d'avoir tué votre fille ? protestai-je.

Gerboise me regarda comme si j'avais été un sac d'ordures posé au milieu de son salon.

— On va garder ce nigaud jusqu'à votre retour. Avec la clef.

Sa voix était chargée de menace, aussi bien pour moi que pour le pauvre Jean-Philippe à qui j'avais eu le malheur de demander ce service. Lisa m'observait. Quelle relation pouvait-elle entretenir avec son monstre de père quand elle savait tout ce dont il était capable ? N'avait-elle aucune pitié pour Clara, sa demi-sœur ? Et la mère ? Où était la mère ? Était-elle au courant ? Le sbire me fit lever et nous montâmes l'escalier. Un rayon de lune passait par une petite fenêtre, l'endroit était magique, je regrettais de le découvrir en compagnie de cette brute. Il m'enferma dans une petite pièce ronde, absolument nue, dont les étroites ouvertures étaient maçonnées. Une pauvre ampoule éclairait les murs gris. Le meurtrier referma à clef la lourde porte, puis l'ampoule s'éteignit. Je me recroquevillai dans un coin et me remémorai tous les héros captifs, jetés dans des culs-de-basse-fosse avec un quignon de pain dur et une écuelle d'eau croupie. Les rats allaient-ils venir me dévorer les orteils ? Un abbé mourant allait-il, d'une cellule voisine, me confier le secret d'un trésor ? Dans l'obscurité, je fis le tour de la pièce, frôlant du bout des doigts la paroi de pierre. Aucune échappatoire, pas la moindre possibilité d'évasion. J'accrochai seulement à deux reprises un anneau de fer solidement fixé au mur. Cette pièce avait-elle déjà servi de cellule ? Pour quels prisonniers, soumis à quelles tortures ? Je revins à ma place de départ, me laissai tomber contre le mur froid et me demandai ce qu'ils allaient faire de moi. « Pas de témoin », avait ordonné Gerboise, ce salaud. Allaient-ils me tuer ? Je redoutais l'étranglement, ainsi que l'égorgement. Ils n'auraient sûrement pas la délicatesse de m'injecter un soporifique létal. Une balle dans la tête, peut-être ? Je pensai à Chloé, à mes parents, à ma sœur. D'abord, ils s'étonneraient de n'avoir plus de nouvelles, puis on se rendrait compte que j'avais disparu. On ferait des recherches, on retrouverait ma trace sur le plateau de l'émission de télévision... C'était dérisoire, cette dernière image que j'allais laisser de moi en train de tourner une roue de loterie pour gagner quelques milliers d'euros, même pas le gros lot. Ensuite, on perdrait ma trace. Qui m'avait vu monter dans la voiture de Lisa ? Qui aurait eu l'idée d'en relever le numéro ? Elle avait bien pris soin de respecter les limitations de vitesse et de ne pas se faire flasher. Sans doute serait-elle interrogée, puisque Hélène savait que je lui avais rendu visite. Mais ça n'irait pas plus loin. Tout de même, un meurtre et une disparition dans le même immeuble, à quelques jours d'intervalle... Les flics ne laisseraient pas tomber si facilement. Remonteraient-ils jusqu'à Gerboise, le grand scientifique qui semblait au-dessus de tout soupçon ? Et puis qu'est-ce que ça pouvait bien me faire, puisque je serais mort ?

J'étais en train d'essayer de me débarrasser d'une insupportable petite fille qui s'obstinait à me suivre partout, y compris aux toilettes, quand une main insistante me tira de mon sommeil. Je n'avais aucune idée de l'heure, j'étais simplement surpris de m'être finalement endormi. Ma geôle était plongée dans la pénombre, tout juste éclairée par un filet de lumière qui venait de la porte restée entrouverte sur l'escalier. Une voix de femme me parlait à l'oreille :

— Réveillez-vous ! Il faut vous réveiller !

— Qui êtes-vous ?

— Je suis Mme Gerboise, la maman de Clara.

Mes yeux s'accoutumant à la nuit, je distinguai une silhouette menue, les contours d'un visage émacié, deux bras maigres qui sortaient d'un peignoir en éponge. Et l'éclat vif de deux yeux brillants de fièvre.

— Il faut vous échapper d'ici.

— Mais... Votre mari...

— C'est un monstre, monsieur, voilà plus de vingt ans qu'il me fait vivre l'enfer. Et ma pauvre Clara, la seule qui lui ait tenu tête... Il ne l'a jamais aimée.

— Vous ne l'avez pas protégée ?

— Et que vouliez-vous que je fasse ? Il m'a menacée, moi aussi.

— Vous auriez pu alerter la police, ou une assistante sociale...

— Je ne suis pas quelqu'un qui dénonce, monsieur.

— Moi, si.

— Ça vous regarde. Vous ferez ce que vous voudrez, de toute façon, il est temps de mettre fin à ce cauchemar. Allez, venez vite !

Je la suivis dans l'escalier. La grosse porte par où étaient arrivés Gerboise et son homme de main était ouverte sur la cour. Une chouette hululait.

— Traversez la cour, descendez dans le petit jardin et prenez à droite. En contournant la tour, vous arriverez sur le chemin qui mène à la forêt. Vous trouverez une allée sur votre gauche, tout au bout il y a une route, le premier village est à trois kilomètres en partant à droite.

— Merci. Vous voulez que je…

— Je veux que vous vous en sortiez et que toute cette horreur s'arrête. Allez, vite, il ne va pas tarder à revenir.

Je regardai un instant ce petit bout de femme usée par la souffrance qui, pour la première fois de sa vie, se rebellait contre son bourreau. Je lui attrapai la main et embrassai le bout de ses doigts.

— Merci, répétai-je.

Puis je m'élançai dans la cour. J'entendis la porte se refermer derrière moi. Je me retournai une seconde vers le manoir. Les fenêtres de l'escalier s'éteignirent. Une petite barrière de bois donnait sur un jardin, moitié verger, moitié potager. Je descendis une volée de marches aux pierres descellées, laissai la chapelle sur ma gauche et trouvai, de l'autre côté de la tour ronde, une petite passerelle qui menait au parc.

Un chemin tracé dans l'herbe montait vers les ombres noires des arbres. Je me mis à courir, trébuchant, glissant, m'éloignant le plus vite possible de ce château maudit. Je pestais contre ma bêtise, je n'avais pas voulu prendre cette affaire au sérieux et je m'étais fait piéger par une jolie traîtresse sans doute amoureuse de son père. La chouette invisible se moquait de moi. L'allée s'ouvrit sur ma gauche, une perspective qui allait se perdre dans la nuit. Je frissonnai, je n'étais pas équipé pour une marche forcée sans visibilité. Tout près de moi, une branche craqua, des feuillages remuèrent, je me collai à un tronc et cessai de respirer. Gracieuse, une biche franchit l'allée en deux grands bonds et disparut dans les fourrés. Le paradis si près de l'enfer. M'abritant le mieux possible sous le couvert des arbres, j'avançais en pensant à Jean-Philippe et à ce que l'autre brute était bien capable de lui faire. Curieusement, au lieu de m'affliger du désastre dans lequel je me perdais et du pétrin dans lequel j'avais mis mon camarade informaticien, je revis les jolis seins de sa sœur Marie-Luce, je me rappelai son entrain joyeux à faire l'amour et son merveilleux sens de l'humour. Ils étaient bien loin, ces jours d'innocence et d'enthousiasme où j'allais devenir le nouveau Hitchcock, où chaque matin m'était aventure et découverte. De nouveau, des bruissements derrière moi. Je m'arrêtai, les bruits s'arrêtèrent aussi. Un blaireau ? J'avais vu, peu de temps auparavant, un blaireau mort sur le bord d'une route de campagne. C'était une grosse bête, en fait un ours en réduction bien capable de me trancher la gorge. Ou l'artère fémorale. Et je mourrais à bout de mon sang, étendu là jusqu'à ce que le tueur me retrouve et m'enterre. Je me secouai, encore un petit effort et je serais tiré d'affaire. De fait, l'allée débouchait sur une petite route. J'attendis quelques secondes. J'allais m'y engager quand un bruit de moteur se fit entendre au loin, qui se rapprochait. Je me dissimulai dans le fossé. Le faisceau des phares vint éclairer les arbres au bout de la ligne droite. La voiture roulait très vite. Impossible de savoir qui conduisait. Lorsqu'elle passa en trombe devant moi, je crus deviner plusieurs silhouettes à l'intérieur, sans pouvoir en être certain. Gerboise voulait peut-être organiser une messe noire à mon intention, juste histoire de me sacrifier sur l'autel de la petite chapelle ? Une pression ferme et localisée se précisa au milieu de mon dos, un peu à gauche, exactement à la hauteur du cœur.

— Ne faites plus un geste. Un revolver est pointé sur vous.

C'était Lisa. Décidément, elle ne me lâchait pas.

— Je vous abats à la moindre connerie. Vous avez bien compris ?

— Parfaitement.

— Alors remontez dans l'allée, nous allons rentrer tranquillement au manoir.

— C'est une demeure magnifique. Je comprends que vous y teniez.

— Je ne tiens à rien du tout, sauf à vous voir arrêter vos conneries. Avancez.

Longeant de nouveau la lisière des arbres, je me résignai à revenir vers le manoir. Lisa avançait dans mes pas, et parfois le canon de son arme venait cogner mon dos.

— Comment vous m'avez retrouvé ?

— Ma mère est cinglée. Je savais qu'elle était capable de faire une bêtise. Je l'ai entendue rentrer dans sa chambre, et je vous ai aperçu dans la cour. Je me doutais que vous alliez tenter d'atteindre la route. Alors je suis allée chercher un revolver.

— Vous savez vous en servir ?

— J'ai ôté le cran de sécurité, si c'est ce que vous voulez savoir. Et à cette distance, j'aurais du mal à vous manquer.

— Vous n'avez pas peur que votre homme de main craque, et se retourne contre vous ? Il n'a quand même pas l'air très futé... Si j'ai bien compris, il a tué Clara sans vraiment faire exprès.

— Mon père lui a sauvé la vie, il nous est complètement dévoué. Et parfois je couche avec lui. Et puis je ne vois pas pourquoi il se dénoncerait.

— Alors personne ne se sent coupable, ici ? Vous avez assassiné Clara, votre père l'a violée, mais personne n'en a rien à foutre ?

Elle ne répondit pas. Nous marchâmes ainsi une ou deux minutes, on n'entendait que le frottement de nos pas dans l'herbe et les commentaires lugubres de la chouette.

— Et votre père, justement, il dort ? Vous ne l'avez pas réveillé ?

— Mon père travaille. C'est un génie.

— Un génie de la manipulation, oui ! Et ça lui donne le droit de tuer ?

— Son travail a déjà sauvé des centaines de gens.

— Ce qui l'autorise à supprimer sa belle-fille ?

— Clara savait ce qu'elle risquait. Elle n'a jamais cessé de le provoquer.

— Après ce qu'elle a subi, il y avait de quoi, non ? Clara vous aimait bien, Lisa. Elle vous admirait. Elle m'a toujours dit du bien de vous.

— Et alors ?

Nous arrivions déjà au bout de l'allée, le manoir s'élevait, assemblage de quadrilatères noirs dont tout un pan de mur scintillait au clair de lune. C'était donc là que ma courte vie allait s'achever. Il y avait pire, comme endroit, pour mourir.

— Vous êtes vraiment décidés à me tuer ?

— Oui. Dès que nous aurons récupéré les misérables dénonciations de ma sœur.

— Il ne vous fait jamais peur ?

— Mon père ?

Elle eut un petit rire presque sensuel qui me fit frissonner. Ou bien était-ce le froid.

— C'est le meilleur père qu'on puisse imaginer.

— Ce n'est pas ce que pensait Clara.

— Ce n'était pas sa fille. Vous ne pouvez pas comprendre.

— Je n'ai pas envie de comprendre les mondes où on tue Clara.

Je glissai sur la petite déclivité qui nous ramenait en face du château et roulai dans l'herbe.

— Relevez-vous. Ne faites pas l'imbécile.

Ils étaient tous cinglés, dans cette famille. Sauf Clara. Est-ce qu'on peut échapper à la folie de sa famille ? De ce côté-là du bâtiment, je pouvais voir une petite fenêtre éclairée en haut de la tour ronde. D'un signe de tête, je la désignai à ma ravisseuse. Ma ravissante ravisseuse qui n'allait pas hésiter à me liquider.

— C'est le bureau de votre père ?

— Oui. Il travaille jour et nuit.

Elle leva la tête à son tour et regarda le petit rectangle de lumière, son visage reflétait plus que de l'amour : de la vénération.

— Et vous aussi, il vous a…

— Mon père est au-dessus des lois, monsieur Mellec.

Nous rentrâmes directement dans l'immense salon qui, de ce côté, donnait de plain-pied sur la pelouse. Dans la grande cheminée, quelques braises rougeoyaient encore et je pensai à Baudelaire et à ses flamboyants soupirs. J'imaginai là-haut, dans sa chambre désolée, la mère pleurant le désastre de sa vie dévastée. La jeune femme me poussa jusqu'à l'antichambre et, comme nous passions la lourde porte du salon, je risquai le tout pour le tout et tentai de la refermer brusquement sur elle. Elle eut le temps de retirer son bras, la porte claqua, résonnant dans toute la bâtisse. Je m'appuyai de toutes mes forces pour empêcher Lisa de la rouvrir.

— Ne faites pas l'idiot ! Où pensez-vous pouvoir aller ? me criait-elle de l'autre côté de la porte.

C'était une bonne question, en effet. Qui cessa de se poser dès que s'ouvrit l'autre porte de l'antichambre pour céder le passage à Gerboise. Lui aussi me menaçait d'un revolver au calibre nettement plus impressionnant.

— Vous avez encore quelques minutes à vivre, monsieur Mellec. Inutile de les transformer en exhibition ridicule.

10

Never let me go

Nous nous retrouvâmes tous les trois, Lisa, Gerboise et moi, dans la bibliothèque. Lisa me fit signe de m'asseoir dans le canapé. Le feu avait diminué, quelques flammèches léchaient encore les restes d'une bûche noircie au-dessus du lit de braises. Le biologiste prit un tisonnier, fourragea dans l'âtre, ranima la flamme et posa sur les chenets un nouveau rondin bien sec.

— C'est du chêne ? demandai-je.

Gerboise se retourna d'un coup, je me jetai en arrière, la pointe du tisonnier m'effleura le visage. Lisa se mit à rire, sadique.

— Qu'est-ce que ça peut bien vous faire ? Vous serez mort avant que cette bûche soit consumée.

— Alors je préfère que ce soit du chêne. Le sapin brûle trop vite.

Gerboise, agacé, haussa les épaules, reposa le tisonnier et se servit un whisky. Il regarda l'heure à sa montre.

— Il ne devrait pas tarder.

J'imaginai une fois de plus le pauvre Jean-Philippe confiant, ouvrant au tueur, pensant avoir affaire à une jolie fille. Peut-être se serait-il méfié ? Peut-être aurait-il échappé au sbire au dernier moment ? Mon espoir fut de courte durée. Un bruit de moteur se fit entendre, le faisceau de deux phares illumina brièvement la cour avant de s'éteindre.

— Parfait, le voilà.

— Vous ne devriez pas me tuer, j'ai dit aux flics que j'étais passé voir Lisa. Ils vont forcément l'interroger.

— Et alors ? Que pensez-vous qu'elle dise ?

— Ils vont remonter jusqu'à vous, d'une manière ou d'une autre. Vous êtes fichu, Gerboise. Et c'est bien fait pour vous !

Le professeur éclata de rire, Lisa souriait toujours, une porte s'ouvrit au rez-de-chaussée.

— Nous sommes là ! cria Gerboise. Cet idiot a cru pouvoir s'échapper.

Je regardai ce sale type, je commençais à en avoir par-dessus la tête d'être traité comme une merde. J'avais trois secondes pour tenter le tout pour le tout. Je me levai d'un bond en attrapant une grosse lampe posée sur un guéridon près du canapé. Je la balançai à la tête de Lisa qui esquissa un geste de défense, mais la lampe, retenue par le fil électrique, s'écrasa misérablement à ses pieds dans une gerbe d'étincelles.

— Mais quel crétin ! Rasseyez-vous, Mellec.

Je me laissai retomber dans les coussins confortables du canapé et, lorsque la porte s'ouvrit, je fus le premier à voir Hélène. Elle tenait son pistolet de service à la main, elle était suivie par deux collègues tout aussi armés. Ils se déployèrent de part et d'autre de la pièce, bien en appui sur leurs jambes, les bras tendus, pointant leurs automatiques sur Gerboise et sur Lisa.

— Lâchez vos armes !

Ils hurlaient. Ils répétèrent plusieurs fois l'ordre de poser les revolvers. Lisa s'exécuta, Gerboise se pencha comme s'il allait poser son arme par terre, mais au dernier moment se releva et visa Hélène. Elle fut la plus rapide, un coup de feu me ruina les tympans, la pièce se mit à sentir la poudre. Un trou rouge apparut au front de Gerboise qui partit en arrière et se cogna contre le manteau de la cheminée avant de basculer dans les flammes. Lisa se précipita sur lui.

— Papa !

Elle le tira de l'âtre mais cela ne servit à rien, il était mort sur le coup. Elle se retourna vers Hélène, folle de haine.

— Salope ! Assassin !

Un peu étourdi, je me suis dit que le mot « assassin » n'avait effectivement pas de féminin. Lisa se jeta sur Hélène, les deux autres flics la maîtrisèrent, elle vociférait des injures, elle écumait de rage et de chagrin. Il ne restait plus rien de son charme, de sa beauté, elle n'était plus qu'une bête sauvage qui se replia bientôt sur elle-même et se mit à sangloter. Hélène était devenue toute blanche, et sa pâleur faisait ressortir ses taches de rousseur. Des bruits de pas dans l'escalier alertèrent les flics qui se mirent en position de tir, leurs pistolets braqués sur la porte qui s'ouvrit tout doucement. Mme Gerboise, serrée dans un châle de prix, passa son visage maigre dans la pièce. Sans prêter attention aux policiers qui la menaçaient, elle observa le corps sans vie de son mari.

— Alors ça y est, c'est fini…, murmura-t-elle.

Elle entra, les flics baissèrent leurs armes et la regardèrent traverser la pièce. Elle se pencha sur le cadavre puis se redressa et, d'une façon inattendue, lui donna un coup de pantoufle.

— Chameau, va !

Puis elle se retourna vers la cheminée, prit les pinces et, très soigneusement, rassembla les morceaux de bois que la chute de Gerboise avait éparpillés. Elle souffla dessus et une flamme joyeuse illumina la pièce. Sans plus faire attention à nous, elle se chauffa les mains au-dessus du feu. Les policiers échangèrent un regard perplexe.

— Elle est folle ! cria Lisa. Tu es folle ! Folle !

— Emmenez-la, ordonna Hélène d'un ton sec.

Les flics tirèrent Lisa hors de la pièce. Je restai seul avec Hélène, Mme Gerboise qui se réchauffait et son mari qui refroidissait.

— Ça va ? me demanda Hélène.

— Il était temps que vous arriviez. Comment vous avez fait pour me retrouver ?

— J'avais bien compris que vous ne me disiez pas tout, qu'il y avait quelque chose d'important que vous gardiez pour vous.

Elle s'assit près de moi, avisa le petit chariot rempli de bouteilles d'alcool et s'empara d'un Islay Malt. Le bouchon fit un petit *ploc* en abandonnant le goulot. Elle but une large rasade.

— Comment vous avez compris un truc comme ça ?

— Vous n'avez pas l'habitude de mentir. Et puis il était clair que Lisa vous avait impressionné.

— Oh, merde ! Je suis si transparent ?

— Il faut croire que oui. Vous en voulez ?

Elle me tendit la bouteille, l'alcool fort au goût de tourbe me brûla l'estomac, mais ça me faisait du bien. Et j'étais content de boire à la même bouteille qu'elle.

— Et puis il y a eu cette pauvre femme assassinée à la Française des Jeux. Vous avez été filmé. Félicitations, au fait !

— Je n'ai gagné que vingt-mille euros.

— Vous passez bien à la télé. Je me suis douté que vous étiez dans le pétrin. On était à deux doigts de faire le recoupement avec Lisa Gerboise.

— Et le tueur, qu'est-ce que vous en avez fait ?

— Je vous avais mis sur écoute. J'ai entendu le message de votre ami Jean-Philippe. Nous l'avons logé et nous lui avons rendu une petite visite.

Hélène avait repris des couleurs. Elle sortit de la poche de son blouson la clef USB.

— Il n'a pas fait trop de difficultés pour nous la donner. Et, coup de chance, Mlle Gerboise l'a appelé quand nous étions encore là. Ensuite, il suffisait d'attendre. C'est un truc que les flics font très bien. Votre fameux tueur nous est tombé tout cru dans le bec.

— Et Lisa ? Qu'est-ce qui va lui arriver ?

— Ça dépend de vous. Elle vous a en quelque sorte kidnappé, non ?

Je n'allais pas raconter à Hélène le cinéma que je m'étais fait en pensant à la nuit que je comptais passer avec Lisa.

— Je suis venu ici de mon plein gré. J'adore les vieilles demeures.

— Elle portait une arme.

Hélène poussa du pied le revolver avec lequel Lisa m'avait menacé.

— C'est déjà un bon motif de garde à vue. Et il ne sera pas difficile de prouver qu'elle était complice du meurtre de sa sœur. Vous tenez à la protéger ?

— Pas tant que ça. Mais ça m'ennuie de voir une si jolie fille en prison.

— Essayez de vous faire une raison. Cette jeune femme est un peu déséquilibrée. Dès qu'elle aura une heure de liberté, elle essaiera de vous tuer : vous êtes celui qui a causé la mort de son père.

— Mais je n'y suis pour rien, moi ! J'ai juste croisé un tueur devant ma cage d'ascenseur !

— Lisa Gerboise ne fonctionne pas comme nous.

— Alors gardez-la le plus longtemps possible. Je dirai tout au juge.

Il y eut des éclats de gyrophare dans la cour, prélude à un ballet de voitures officielles que je ne réussis pas toutes à identifier. Deux infirmiers très doux emmenèrent Mme Gerboise qui tenta de donner un nouveau coup de pantoufle à son mari mort, le manquant de peu. Je sortis à mon tour, croisant l'équipe de l'identité judiciaire avec tout son barda. La nuit était belle et froide, comme une héroïne d'Hitchcock. Des pompiers discutaient avec des gendarmes, un flic téléphonait en fumant une cigarette, deux autres véhicules remontaient l'allée. Je me glissai le long de la chapelle, saluai la dernière rose endormie et me mis à marcher dans l'herbe. J'étais soudain totalement épuisé et rempli d'une infinie tristesse. Même l'éclat blanc de la lune ne me consolait pas. En trois jours, j'avais perdu une amie charmante et drôle, j'avais croisé deux monstres dont l'un aurait pu devenir ma maîtresse et l'autre avait été tué devant mes yeux, une grosse gagnante à la loterie était morte dans mes bras, une vieille femme fébrile avait flanqué un coup de chausson à un cadavre et j'avais accepté un scénario sur les tortues. Sans parler des messages de ma mère. C'était beaucoup trop. Le globe livide d'une énorme vesse de loup dessina sa rondeur sous mes pieds. Je fus tenté de la ramasser, il fallait la découper en tranches très fines et la poêler avec pas mal d'assaisonnement. C'était un champignon fade et bourratif.

Je m'assis sur un banc de pierre qu'une statue d'Éros menaçait de son arc enfantin. Verlaine, encore :

Le vent de l'autre nuit a jeté bas l'amour
Qui, dans le coin le plus mystérieux du parc,
Souriait en bandant malignement son arc,
Et dont l'aspect nous fit tant songer tout un jour !

Je ne me retournai pas quand j'entendis quelqu'un approcher. Les méchants étaient morts ou menottés, les flics n'allaient quand même pas les laisser s'échapper. Hélène s'assit près de moi.

— Ça va ? Vous tenez le coup ?

Je n'eus même pas le courage de lui répondre. Les mots se coincèrent dans ma gorge et m'étranglèrent, mes yeux se mirent à me piquer et, brusquement, sans que je puisse les retenir, des sanglots me secouèrent de la tête au pied, comme si des années de chagrin voulaient se déverser d'un coup. Hélène me prit dans ses bras, elle sentait encore un peu la poudre, la peau de ses joues était douce et j'aurais voulu avoir envie d'elle. Mais je continuais à pleurer comme un enfant désespéré. Je me tournai vers elle, la serrai à mon tour contre moi et enfouis mon visage humide dans ses cheveux bouclés.

— Avec tout ça, vous allez pouvoir écrire un scénario, murmura-t-elle.

— Laissez-moi au moins choisir mes histoires.

— Je vous ramène ?

Je me détachai d'elle et reniflai un grand coup. Le reflet bleu des gyrophares illuminait toujours sur les murs de pierre du manoir, je me suis rappelé la cathédrale d'Amiens et les projections de couleurs sur les statues. J'ai suivi Hélène jusqu'au parking. À deux reprises, elle s'est arrêtée pour échanger quelques mots avec un collègue ; c'était une sale affaire, ils n'en avaient pas fini avec les interrogatoires et les rapports. Je n'aurais pas aimé interroger Lisa, ni sa mère, ni le tueur, pour les faire parler de Clara. Je n'aurais pas aimé plonger dans cet océan noir et profond, sans rives et sans îlots, salé comme les larmes. Je repérai la voiture d'Hélène et me glissai à l'intérieur. Lorsque je refermai la portière, la scène que j'observais à travers le pare-brise devint muette. Il y avait un autoradio, je mis le contact et trouvai une fréquence qui diffusait de la musique classique. C'était un vieil air espagnol. Le ballet des flics se transforma en générique de fin d'un feuilleton policier. Je m'attendais à voir défiler le déroulant avec le casting et la liste des techniciens. Hélène s'approcha, se pencha pour vérifier que c'était bien moi qui étais assis dans sa voiture et se mit au volant. Nous avons redescendu l'allée des tilleuls. Elle s'est trompée deux fois avant de retrouver l'autoroute. Nous arrivâmes à Paris juste avant l'aube, à l'heure inquiète où les pensées du jour à venir commencent à troubler le sommeil des citadins endormis. Elle enclencha son gyrophare et nous fûmes chez moi en moins de trois minutes. Elle stationna son véhicule en double file.

— Ça va ?

— Ça fait deux fois que vous me le demandez. Il va falloir que je désapprenne à avoir peur.

— Je vous fais confiance.

— Vous voulez un café ?

— Non, merci. Je crois que je vais aller dormir.

— Ça vous arrive quelquefois ?

— C'est comme le vélo, ça ne s'oublie pas.

— On se reverra ?

— Je ne vous le souhaite pas. En général, ce n'est pas bon signe.

— Je peux vous embrasser ?

Elle se pencha vers moi et m'offrit ses lèvres. Nous échangeâmes un long baiser dans la rue Wurtz déserte.

— Au revoir, Monsieur Mellec. J'aurai besoin de vous demain. C'est-à-dire tout à l'heure.

— Vous voyez, qu'on se reverra !

— Bien sûr.

Elle sourit, je souris aussi et je quittai aussitôt la voiture. J'avais de nouveau une sacrée envie de pleurer. Elle attendit que j'aie composé le code de l'entrée et pénétré dans le couloir pour démarrer. Cette fois, avant d'appeler l'ascenseur, j'allumai la minuterie. Et j'évitai de regarder la porte de Clara. L'ascenseur grinça et ralentit en passant au cinquième, il n'avait toujours pas été réparé. Chez moi, rien n'avait bougé. Mon répondeur annonçait deux nouveaux messages, il y avait gros à parier que ma mère me relançait pour mes slips. J'avais la flemme de me faire couler un bain, et j'étais trop épuisé pour dormir. Je versai une goutte d'huile essentielle à l'estragon sur un coin de biscuit sec et l'avalai pour éviter d'attraper un rhume, j'avais quand même eu très peur et très froid. Il faudrait que j'appelle mon acupunctrice. Le ciel, au-dessus des cités HLM, virait tout doucement au gris sale. Déjà, quelques appartements s'éclairaient, ceux qui se lèvent tôt et qui pensent que la vie leur appartient. Moi, je pense surtout qu'ils ont un boulot pénible. J'avais besoin d'écouter une voix de femme qui n'en fasse pas des tonnes, et j'ai glissé un CD de Stacy Kent dans la platine laser. Elle s'est mise à chanter après une intro toute simple, juste histoire de donner le ton.

Never let me go
Love me much too much
If you let me go
Life would lose its touch

Je me suis préparé du thé et, assis devant la fenêtre, j'ai regardé le jour se lever, les deux mains bien serrées autour du mug brûlant.

DANS LA COLLECTION MASQUE POCHE

John Buchan, *Les Trente-neuf Marches* (n° 1)
Louis Forest, *On vole des enfants à Paris* (n° 2)
Philip Kerr, *Chambres froides* (n° 3)
Mrs Henry Wood, *Les Mystères d'East Lynne* (n° 4)
Boileau-Narcejac, *Le Secret d'Eunerville – Arsène Lupin* (n° 5)
Fred Vargas, *Les Jeux de l'amour et de la mort* (n° 6)
Taiping Shangdi, *Le Cheval parti en fumée* (n° 7)
Ruth Rendell, *Un démon sous mes yeux* (n° 8)
Alan Watt, *Carmen (Nevada)* (n° 9)
Frédéric Lenormand, *Meurtre dans le boudoir* (n° 10)
Boileau-Narcejac, *La Poudrière – Arsène Lupin* (n° 11)
John Connor, *Infiltrée* (n° 12)
Jeffrey Cohen, *Un témoin qui a du chien* (n° 13)
Barbara Abel, *L'Instinct maternel* (n° 14)
Stanislas-André Steeman, *L'assassin habite au 21* (n° 15)
Alain Bauer et Roger Dachez, *Les Mystères de Channel Row* (n° 16)
Cyrille Legendre, *Quitte ou double* (n° 17)
Charles Exbrayat, *Vous souvenez-vous de Paco ?* (n° 18)
Émile Gaboriau, *L'Affaire Lerouge* (n° 19)
Danielle Thiéry, *Le Sang du bourreau* (n° 20)
Dorothy L. Sayers, *Lord Peter et l'inconnu* (n° 21)
Jean d'Aillon, *Le Captif au masque de fer* (n° 22)
Neal Shusterman, *Les Fragmentés* (n° 23)
Gilles Bornais, *Les Nuits rouges de Nerwood* (n° 24)
Rex Stout, *Fer-de-Lance* (n° 25)

Colette et Monique Veaute, *Meurtres à la romaine* (n° 26)
Reggie Nadelson, *Londongrad* (n° 27)
Boileau-Narcejac, *Le Second Visage d'Arsène Lupin* (n° 28)
Jo Litroy, *Jusqu'à la mort* (n° 29)
Maud Tabachnik, *La honte leur appartient* (n° 30)
Olivier Gay, *Les talons hauts rapprochent les filles du ciel* (n° 31)
Philip Kerr, *Impact* (n° 32)
Françoise Guérin, *À la vue, à la mort* (n° 33)
Dorothy L. Sayers, *Trop de témoins pour Lord Peter* (n° 34)
John Dickson Carr, *La Chambre ardente* (n° 35)
Charles Exbrayat, *Les Blondes et papa* (n° 36)
Jean d'Aillon, *Les Ferrets de la reine* (n° 37)
Jean d'Aillon, *Le Mystère de la chambre bleue* (n° 38)
Frédéric Lenormand, *Le diable s'habille en Voltaire* (n° 39)
Patrick Cauvin, *Frangins* (n° 40)
Cloé Mehdi, *Monstres en cavale*, PRIX DE BEAUNE 2014 (n° 41)
Jean d'Aillon, *La Conjuration des Importants* (n° 42)
Denis Bretin, *Le Mort-homme* (n° 43)
Margaret Millar, *Le Territoire des monstres* (n° 44)
Eoin McNamee, *Le Tango bleu* (n° 45)
Boileau-Narcejac, *La Justice d'Arsène Lupin* (n° 46)
Serge Brussolo, *Le Manoir des sortilèges* (n° 47)
Charles Haquet, *Les Fauves d'Odessa* (n° 48)
Jean d'Aillon, *La Conjecture de Fermat* (n° 49)
Olivier Gay, *Les mannequins ne sont pas des filles modèles* (n° 50)
Boileau-Narcejac, *Le Serment d'Arsène Lupin* (n° 51)
Serge Brussolo, *La Route de Santa-Anna* (n° 52)
Cyrille Legendre, *Nous ne t'oublierons jamais* (n° 53)

John Dickson Carr, *Trois cercueils se refermeront* (n° 54)

Frédéric Lenormand, *Crimes et condiments* (n° 55)

Jean d'Aillon, *L'Exécuteur de la haute justice* (n° 56)

Philippe Kleinmann et Sigolène Vinson, *Bistouri Blues* (n° 57)

Olivier Gay, *Mais je fais quoi du corps* (n° 58)

Thierry Bourcy, *La Mort de Clara* (n° 59)

Danielle Thiéry, *Mauvaise Graine* (n° 60)